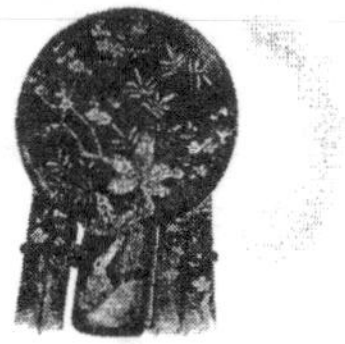

# 思いこもる品々

岡部伊都子

藤原書店

灯

原野の詩

灯

# 思いこもる品々

岡部伊都子

# 古鏡

あの、一九四五年三月、米軍の大阪大空襲で、私の結婚用意に母が準備してくれていた品々は、西横堀の生家とともに炎上してしまいました。

その頃、私は結核の療養のため、泉北郡高師浜《たかしのはま》に長くいたので、こんどは新しく喀血《かっけつ》した母と二人の療養に、やはり松林の環境のいい伽羅橋《きゃらばし》に小さな家を借りていました。

まさか、大阪が空襲されるとは思ってもいなくて、姉はおしゃれな三面鏡《さんめんきょう》が好きで、母の愛を好みのお道具に仕立てて、大阪が無事な間に結婚しました。

女にとって、鏡は「夢」と「現実」。

太古、水たまりで自分をおぼろに見た女たち。各地方の史跡《しせき》から出土する古鏡《こきょう》や装飾品に、昔の同性たちの女ごころや物語が偲《しの》ばれます。

私の思春期、青春期、恐ろしい戦争がどんどんひどくなって敗戦。私が嫁ぐことになった一九四六年は、まだまだ何も無い時でした。

伽羅橋のご近所の方で、私はどんな方か存じあげないお宅のご老人が、古い鏡ならとおっしゃって、江戸末期のものと思われる蒔絵《まきえ》で加飾《かしょく》した円い鏡を

わけて下さったそうです。

主鏡《おもかがみ》は直径約八寸（二十五センチほど）の円。合《あ》わせ鏡《かがみ》は直径約六寸（十九センチほど）の円仕立で、同じ蒔絵の化粧棚がセットになっています。鏡を支える細い枝みたいな組みたて。

大切にされてきた古鏡でしょうけれど、

「もうとても使えない」

と、手放されたのでしょう。

「こんな古い鏡で役に立つの?」

と、みんなに笑われましたが、病気臥床《がしょう》の多い私にはそれで充分。

朱ぶちの細い姿見を足して、戦後五十三年の歳月、さまざまな日々を過してきました。破鏡《はきょう》の日々もまた悲しく。

この間、ブラジルに暮らしている姪《めい》夫妻が、顔を見せてくれました。なつかしさに、

「何かほしいものがある?」

とたずねますと、なんと、

「おばちゃんといっしょに暮していた間、朝晩きれいに拭《ふ》いていた鏡台を下さい」

ですって。

そういえば、長い間、弱い私の面倒をみてくれた姪でした。でも、むさくるしい家で、放ったらかしになっていますけれど、毎日、鏡台無しでは、私も困ります。

金属鏡《きんぞくきょう》の鏡研《と》ぎをみせてもらった時代からびいどろ（ガラス）へ。

これからは?

「今すぐは無理やけど、私がいなくなったらあなたにあげるよう、書いとくわね」

# カンテラ

仕事部屋に、本棚が二つ並んでいます。床の間も、廊下、縁側も、本ばっかり。本棚に一列に並べただけではちょっと前部が空いてますので、そこへ又、本が並んでいます。でも、二重に並べてはまったく、本棚の役に立ちません。奥に並べた本が見えません。

もう、整理するだけの力が無いので、うろ覚えで探すだけ。さあ、となると、本は重い重い。少しでも持ち重りしますもの。本ばかりを置いた本部屋、家のどこに、探す本があるのか、わかりません。

結局、一番よく使う本が、この仕事部屋の本棚にあるわけで、その本棚の一番上に、カンテラがあります。

カンテラ、カンデヤとよぶ携帯用灯明をご存じの方は少ないのではありませんか。

私は、尊い労働に使われていたカンテラをいただいて以来、つたない自分の仕事を見守ってもらいたい一心で、机のすぐそばの本棚の上に置いてきたのでした。

一九六〇年秋『追われゆく坑夫たち』（岩波新書）

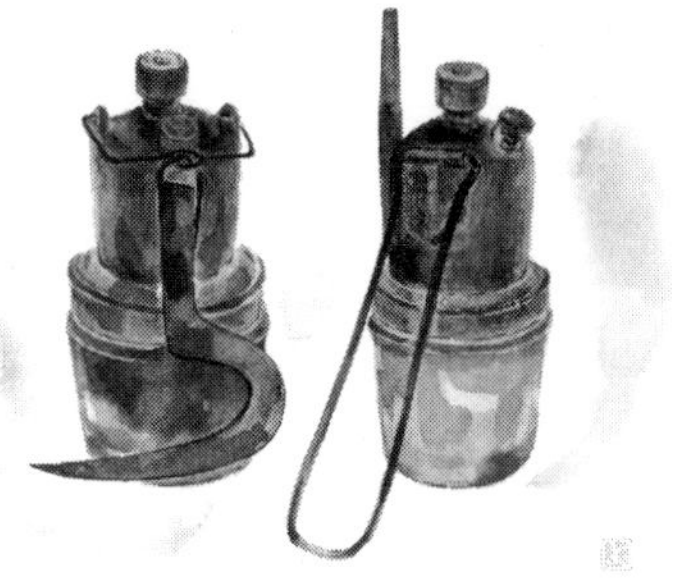

を読んで、その時まで知らなかった中小炭鉱労働者の悲惨な苦しみの一端を教えられました。当時の三井三池炭鉱のストライキは「殿様スト」とか。組織強大な大手炭鉱だからこそストライキが可能だったのでしょう。

　地底の暗闇で、乏しいカンテラの灯をあてにツルハシをふるう、心身ほろぼされてゆく中小炭鉱労働者の姿。

『追われゆく坑夫たち』の著者、上野《うえの》英信《ひでのぶ》氏は、

「炭車の陰からそっと顔をのぞかせた若者は、カンテラの火を消していた。おし殺した声で、若者は上野氏に『ひょっとして地区労の方じゃなかでしょうか』とたずねた。上野氏が『いいえ』といったとたん、若者はあわてて『なんでもなか』と飛ぶように去ってゆく」

と。

　本を読んで筑豊の上野氏をたずね、炭鉱や炭住のひどい状況を見た詫摩良《たくまりょう》さんたち数人の女性が筑豊救援に立ち上がられ、この方がたと知り合うことで、私も上野英信氏、上野晴子夫人、そのおひとり子の上野朱《あかし》氏とお近づきになれました。

　まだボタ山や鉱毒色の溜池《ためいけ》があちこちにあった時、上野ご夫妻に従って素掘りの狭い坑道をさがっていったことがあります。

　その坑道を照らすカンテラ。

　激しい労働をしたこともない私に下さったカンテラ。視《み》なければならない現実を、しっかり照らしなさいよ、心を照らしなさいよと亡きお人の声がきこえます。

# 紅塗の大椀

はじめて能登《のと》の輪島《わじま》をたずねたのは一九六九年度の『列島をゆく』（『家庭画報』）連載のおかげでした。カメラマンの薗部澄《そのべきよし》さんのお親しい、塗師《ぬりし》、奥田達朗さんをたずねて、日本の風土に適している漆工《しっこう》のお話をききました。

奥田さんは、話の途中で紅塗《べにぬり》の大椀《おおわん》を持ってきて、「この椀、あなたにあげるよ」と言われました。それまで私が、すばらしい椀をみせてもらったことは、たびたびありますけれど、大きな、その中へ自分を坐らせたいような高台の丈高い紅ひといろの塗椀を掌《て》にのせられたのは、これが初めて。

椀のフチには使い古した紅絹《もみ》をぐるりと張ってあるそうで、その上から塗る漆《うるし》の下に布感覚がみえました。

「せめて日本に住む人が、ひとりひとり、一椀をたのしんでほしいのですよ」

奥田氏が願われるのは、「よそゆき」加飾の膳《ぜん》ではなく、毎日ふだんに使う食器に、下地のしっかり造られた塗り椀を使ってほしいということでした。珪藻土《けいそうど》、地の粉が発見された小峯山まで連れていっ

てもらって、

「三〇〇年ほど前にこの粉が発見され、むし焼にしてすった粉を下地《したじ》の漆にまぜて塗るようになったんです。木地師《きじし》の心、塗師の思い、良心的な工芸の力を知ってください」

と教えられました。

こんな堂々とした大きな紅椀。もったいなくて抱くようにして宿に戻って、もうその夕食のごはんは、大椀の中にほんのひとくち入れてもらって、大切にいただきました。

それからこちら、すっかりこの紅椀のとりこになった私は、ごはんばかりでなく、お粥《かゆ》、おうどん、おつゆ、おすし……何でもこの椀を使うようになります。

それから十年も経って久しぶりにわが家をのぞいて下さった奥田さんは、この椀を手にとって、

「よく使っているね。中の色が変っているよ。ちょっと気になるところがあるから、しばらく能登へ入院だ」

って、持って帰ってしまわれました。

ときどきあらわれて、生活の中での道具の使い方を見て、いろいろ忠告して下さったのですが、あまりに良心的なご苦労が過ぎたのでしょうか、思いがけなく、五十歳にもみたずに亡くなってしまわれました。

しばらく仕事場へ持って帰っておられたこの紅椀を、漆《うるし》工房の香りをもって届けられた時、何気なく
「もう大丈夫だよ。そら」

と、高台をかえして見せて下さいました。黒塗の台裏に紅漆で「伊都」と書いてありました。

# 火鉢

　山形の農に生きていらっしゃる詩人、齋藤たきちさんから、藁灰《わらばい》をいただきました。人間にとって、自然にとって恐ろしいのは汚染。

　たきち氏ご一家の農は、私のあこがれる「自分真実のお農」です。

　ていねいなお米と、その稲藁《いなわら》を焼いた藁灰をいただいて、古い火鉢《ひばち》に火を入れます。毎年のこと、新しい藁灰を足して、これまた都会文化を自ら否定して編集者をやめ、スミヤキストとなられた美谷克美《みたにかつみ》氏のくださった炭がはいります。

　お米も、お炭も、かならずお供えして感謝して大切に……。先人から伝わった自然にもっとも近いありがたい文化です。

　古い火鉢と申しましたけれど、これは私のそばへ来たのが六十五年の昔。私の生家《せいか》は、大阪の、いわゆる瀬戸物町《せともんちょう》筋、この通りには全国各地の陶磁器窯《かま》元《もと》がいろんな形で並んでいました。まだ空襲も受けない静かな時代は、各地から仕入れにきた人びとの注文をうけて、各地へ発送する器を荷造りする店員さんの姿だけがありました。茶碗の糸底《いとぞこ》と糸底とを

すり合わせていたキィキィという音が、静けさを深めていました。

瀬戸焼、有田焼、清水焼《きよみずやき》、出石焼《いずし》……。

どこで求めてきた火鉢か、母は、

「お母ちゃんの好きな火鉢や。あんたの部屋で使いなはれ」

と、わが部屋へ入れてくれました。女学校へ通っていた小娘が結核になって通学できず、部屋で安静にしているのを気遣ってのことでしょうか。

ベッドのそばに二帖《じょう》ほど畳をしいて、そこにお炬《こ》燵《た》と、火鉢とを置きました。

美しいデザインと色彩。洋室の中への和風点景です。ここを私の小世界としてもらって以来、飽きのこない冬のおつきあいです。

けれど、あの大空襲の二年前、母と私が伽羅橋《きゃらばし》へ療養に移りました時、二人のそばへいっしょに持って行ったから、今も残っているのでした。私の部屋以外の備品はみんなひとひらの焔《ほのお》となってしまいましたのに、「長いおつき合いね」と火鉢のフチをさすります。

この間、二十二、三歳の興野《おきの》青年が茶の間にはいって手伝ってくださっていた時、こんなごちゃまぜ暮しの老女をいたわられたのでしょう、「ひょっとしたら……」と、そっといわれました。興野康也《やすなり》氏は医学のご勉強、優秀な方です。緊張しました。

すると、

「ひょっとしたら……これが火鉢というものでしょうか」

といわれて、論楽社《ろんがくしゃ》の上島聖好《うえじましょうこう》さんといっしょに、大笑いしました。

# 掛時計

　二十年間、月に一度の連載を続けさせてもらった仕事が、「一応、終りたい」と編集担当者の方からご連絡があった時、

「ほんとに二十年もの間、面倒をみていただいてありがたかったこと」

と感謝しました。連載は、つぎつぎと単行本にまとめられていますが、それは出版部のお仕事。

　どんな原稿にも、自分が宿ります。

「二十年ぶりに深呼吸して、何か要るもの求めようかな」

　自分のキリに自分を励ましたかったのでしょうか、京都中京区《なかぎょうく》の寺町《てらまち》通りを、一軒一軒のぞきこむようにして、「何か」を探しました。

　一軒の内にも、古楽器やステッキ、籠《かご》やカバン、ほんのちょっとした器があったりして、なかなか、離れられないのです。

　立ったり、しゃがんだりして眺めているうちに、ふと、壁に掛けてある時計が、ボンと鳴りました。

「あ、そうや、うちには掛時計が無かったわ」

　私は腕時計を持ちません。自分の腕は自分の自由

にしておきたくてね。置時計は、いろんな記念品としていただきますが、余分な品は人さまにもらってもらって「どこかで生かして」もろてます。

幼い頃、家の掛時計が、時刻を告げて、ボーン、ボーンと鳴っていたのを思いだして、「あ、これこれ」とその店の掛時計から何軒ものお店で、ていねいにみせていただきました。

一店に二、三から七、八、同じ掛時計といっても、その様式、その文字、そして、一つずつの鳴る音色がちがうのですよ。

こんな客で、お店の方はご迷惑だったろうと思うのですが、私は、時を告げる音色まで、一つ一つきかせていただきました。

そういえば、時計は明治から大正にかけての文明開化を告げたもの。ハイカラ通りとよばれていることなど知らない私が、寺町通で求めた掛時計が、それ以来ずっと、柱にかかっています。

もう修繕もできないほど古いと笑われましたが、その古い時計を修繕して下さるお職人もいらして、いまだに、リン、ボン鳴っています。

すばらしい詩や絵を、お口に筆を含んでみごとに描かれる星野富弘《とみひろ》氏の詩画展をさせてもらった頃のこと、いつでしたか、寝た切りの星野さんとお電話で話していましたら、時計が鳴りだしました。

ジン、ジン、ボン……。九回。

「あ、時計が鳴ってる」

と星野さん。二人でじいんと聞いていたことを忘れません。

# 応接室のライト

どう呼ぶのが正確なんでしょうか。はじめて神戸から京都へ宿替えしました時、わずかばかりの荷物といっしょに、小トラックの上にのって、私が、このライトの柱を支えていたのを覚えています。もちろん横にしてのことでしたが風圧を気にしての、けんめいの力でした。

生活に必要な品は、気にさわらないものを選んで、長く使います。神戸で建てた、たった二間《ふた》の家のために求めた家具、机や椅子、折りたたみできる長椅子などとともに、いまも変らぬ支えです。

当時の写真を見てみますと、ほんとうにそっくり、そのまんま。あれ、私は今どこにいるのかな、なんて。

京都へ来てからも三回家移りしているのですから、わからなくなるのも当然でしょうね。

それこそ、数えられない多くの客人方とお目にかかった場に、立合ってくれた灯です。特別な飾りも何もないライトが、私にとって忘れられない、三浦綾子さんを初めてお迎えした時の背景をつとめました。

『氷点』以来、人びとの心をふるわせ続けた尊敬する三浦綾子先生。この私を、「京都へ来たから」とたずねてくださったのは、もう十五年近く前のことになるでしょうか。

光世《みつよ》夫君をホテルにおいて、「ほんの十分ほど」とお一人で来てくださったのをお迎えして、ご挨拶をしましたら、どうでしょう、綾子先生がすっと立って私の両手をとってくださいました。

そして、今も忘れないありがたいお言葉をきかせてもらいました。

「岡部さん、あの『シカの白《しろ》ちゃん』（筑摩書房）は、このお手で書かれたんですね」

先生は、もう覚えていらっしゃらないでしょうけれど、このライトの前に立って言ってくださった励ましのお言葉を、今もライトと重なったお姿、そして、ひたと見入ってくださった純なお目を、尊く思い出します。

以来、長年にわたるご厚情。北海道旭川へもまいりました。

つぎつぎいただく『銃口』ほか、どんどん重なる深いお志のご本。泣き泣き書いた幼い人むけの「白ちゃん」を、心から理解してくださったあの日のこと。このライトが言ったのではないかと、瞬間の印象を夢みています。

お歌は光世様、お話しは綾子様で構成された「愛唱歌・讃美歌」のカセットが売り出されているらしく、私にも二ついただきました。うれしくて、このライトのそばで、お二方のお声をきいています。一節だけある綾子様の独唱もすばらしくて。

時には自分の手をさしだして甘えているんです。

# 花湯

古い町家に住まわせてもらって、二十三年。

家移りしてきて、ただ一つ取り替えたのは湯船でした。以前お住まいだった方からご注意をうけて、浴槽を新しくいたしました。

「二十年は大丈夫」と言われた業者の方、もうそれ以上の長年月になります。私は、お土とか、お水とか、お花とか、いわば原初的存在のおかげで、自分もその中のいのち一点としてもらっているので、木製の湯船のやわらかな肌あたりには、いつも慰められます。

そこへ、庭に散り落ちてきた椿の花首《はなくび》とか、台所の菜に咲きのこった菜の花とか、ときには若楓、紅葉の散り葉、さざんかの散り花びらなどを、季節ごとにお湯に浮かせて、いっしょにはいってもらいます。

昔、公衆浴場でも、柚子湯《ゆずゆ》とか、あやめ草、菖蒲湯《しょうぶゆ》とかがあって、子ども心にたのしく、いとおしかったものです。今もそのように湯立てしている町湯があるのでしょうけれども、せっかく内湯があるので大切に味わっています。

今年最初のお湯には、暮にいただいた岩倉《いわくら》のお方の庭に咲きだした蠟梅《ろうばい》の枝を浮かべました。

ご存じ蠟梅は、蠟細工《ろうざいく》のようなふしぎな花、そして気高い佳《よ》いかおりがします。その枝を下さった方が、またお顔を見せて下さった時、ちょうど湯気をあげていたお湯の上に、枝を浮かせました。

「え？　大丈夫ですか。いい匂いですね」

とびっくりなさって。

客人が帰られたあと、適温だったので、すぐに湯に漬からせてもらいました。ゆっくり蠟梅香り湯のぜいたく。

あがる時にはその枝の湯滴《ゆてき》をはらって持ってあがりました。そしてまた花瓶《かびん》にさしましたら一月末まで元気でした。庭の白梅はまだ咲きません。

あの越前岬《えちぜんみさき》の崖《がけ》に咲いている水仙。そのお近くに暮していらっしゃる方から、もったいない自然花が送られてきます。これは、香りも、日持ちもすばらしい。水仙と居る幸せが感じられます。


この水仙も、終りかかった頃、花も葉もともに湯に浮かせて、いっしょにはいってもらうんです。可《か》憐《れん》な水仙と身を寄せ合って……いいでしょ。

こんな、花からの花、花湯。

姉や、遠方の友、小さなお子連れは、声をあげて喜ばれました。ぜひおためし下さい。

この間、もう、うぐいすの初鳴きがきこえました。暦にも立春ごろには鳴くとありますが、今年は早目になるようですね。

# 朱塗の小机

あんまり華奢《きゃしゃ》で、実際の役にはほとんどたってい
ません。けれど玄関三帖《じょう》の一隅で、小座布団の間に
置かれ、小さな煙草《たばこ》受けをのせて、ずっと待ってい
ます。
　何を待っていますのやろ。この朱机は。
　数え年二十歳の時、明治小学校の同窓で一学年上
だった若者と、思いがけない婚約をしたことを、何
度も何度も書いています。
　親戚中が、「見習士官はいずれ戦死、伊都子は結
核死」と反対しましたのに、私はその青年を幼い時
から思慕していました。婚約の白扇が家の母同士で
交換されて婚約者になったあと、初めてわが部屋へ
はいったその人が、威儀を正して、
「自分はこの戦争はまちがいだと思っている。こん
な戦争で死にたくはない。天皇陛下のおんためにな
んか死にたくはない。君やら国のためなら喜んで死
ぬけれども」
と話しました。その時のショックを数え切れない講
演で語り、文に書いてきました。
「天皇陛下のおんために喜んで死ね」という戦前の

教育に、身も心も染まっていた私は、本音を語ってくれたその見習士官に、「私なら喜んで死ぬ」と言ったことも。

一九四三年初めのことです。

八歳年上の姉は、とうに結婚していましたが、何故か、「何か婚約祝をあげる」と言ってくれました。多分、三越かどこかで伝統工芸品の展覧会があったのではないでしょうか。姉は私を連れて行って、「好きな品」を選ばせてくれました。とても生きていないと心配しつづけてきた妹が、まさか、の婚約をしたものですから。

気の毒に。こんな迷惑を平気でかけていたなんて。私の心には姉の奥に母の力が支えていることを、アテにしていたのでしょうね。

「何でもいいよ、好きなん選びなさい」

と許されて、それまでの文化の煮凝《にこご》りのような品が並んでいる会場で、この朱机を選んだのでした。

低くて小さな机、文机《ふづくえ》というか、経机《きょうづくえ》というか「実際の役に立たへん」

これは京の塗師《ぬりし》さんのお仕事とかで、一度、手を入れてもらったことがあります。姉は、この机がすっぽりと納められていた桐の木箱に「藤原机」と箱書してくれましたが、転々宿替の間に、いつか木箱は無くなってしまいました。

どんどん戦争が悪化して、美しいものが何も彼も泥いろに変えられていった時、彼との婚約を美しい朱机で記念したかったのでしょう。

机は待っていますのか、沖縄で戦死した人を……。

# くずかご

それまでのくずかごでは、間に合わないと思ったのは坐《すわ》り机ではなく、椅子のある仕事机を置いた時でした。坐り机ですと、紙くずはすぐ畳の上に散らしていました。神戸の本山《もとやま》ではじめて洋間の仕事場らしい仕事机を置いたら、どうしても原稿の書きつぶしが多く、小さなくずかごでは無理でした。

椅子式の仕事机のそばには、安心して投げ入れられるゆったり包容力のあるくずかごが無くては、不自由で、心細いんです。

その頃、今からおよそ四十年近い昔、どこの百貨店や、近所の市場などでも、

「くずかごが欲しいんですけど……」

と言いましたら、何とも趣味的な小さなくずかごを出してこられました。私が着物でいたからでしょうか。

でも、それでは、だめなんです。

これは飾りかごではありません。当時は、毎日徹夜して執筆していましたから、必需のくずかご。

「どこかに私の欲しいくずかごがあるはず……」

と、思い切って、神戸へ出かけました。

三宮センター街を通って、元町へ。

家具店、私の好みのお店などを探して、半ばたのしみ、半ば心配しながら歩きました。

結局は、自分に便利な品でないと困りますが、やはりすてきな品があると目移りします。ちょっと小さいかな、でも二つ置けばいいじゃない。けど、そうはゆかないんですよ。できるだけシンプルな、ひとつのくずかご。

くずかごヤーイ……そんな気持ちで元町を歩いた人はいらっしゃらないんじゃないでしょうか。もう、どこのお店でめぐり合ったのかわかりませんが、「これなら大丈夫」大きなくずかごを手に入れました。

丈三十五、六センチ、口の直径約二十一センチ程、どういうお職人が作られたのか、中に仕舞ってもらう紙反古《ほご》の軽さもあって、そしらぬ顔でいくらでもくずがはいってゆきます。以来四十年近く、どこもどうにもならず、まだ私の机のそばにいてくれたはります。

人前へ出せるものではないでしょうけれど、これが無くては仕事ができない、「ありがとう、ありがとう」とつぶやきながら助けてもらっているのですが。

もういつの頃だったのか忘れました。

「あ、これは魚を入れるびくではありませんか」

とおどろかれて、

「へえっ、そうなの?」

と私もおどろきました。水のなかへ漬けてお魚を入れとく籠《かご》かな? そいでも、ええやん。うちでは紙食べてもろてます。

# 稚児髷人形

雛《ひな》いそいその頃《ころ》になると、大きな人形店が二軒あった新町《しんまち》通りを思いだします。私は人形よりも、同じ通りの書店、またこの新町通を東へつき当った心斎橋通にあった、丸善が好きで、本ばかり見ていました。

自分の部屋で本を読んでいたら、とんとんとノック。「はーい」と振り向いたら、扉から稚児髷《ちごまげ》人形の顔が、のぞいていました。開けてみたら、母がにこにこ。私は初めて見ました。それは、裸の人形だったのです。

幼い私が節分会《せつぶんえ》の「お化け」に結っていた稚児髷。その稚児髷の裸人形を見つけた母が手に入れ、ノックして顔だけのぞかせてくれたのでした。

母は、姉や私の着物の端ぎれを人形にあててみて、いろいろ作って着せていました。とにかく、裸なのですもの。

愛らしい色、柄の裾除《すそよけ》、そして肌着。胴は薄くするため着物だけが全身仕立で、袘《ふき》にふっくら綿のはいった形。長い袖《そで》の下から、長襦袢《じゅばん》のつもりのお袖がのぞいていました。

当時のことはほとんど覚えていませんが、春には春らしい柄、夏は絽《ろ》（薄物）、秋には袴《はかま》をはかせていましたね。私の帯の余りぎれだったのでしょうか。冬はいちばん晴れ着のようで、お正月には新年らしく、雛段を組むと、そのそばに。金襴《きんらん》屋さんの端物で選んだ帯や、筥迫《はこせこ》、扇の小物を胸もとにはさんでいました。

母がいとしんで、いろいろと縫ってくれた衣裳、今は、私の着ていた紫ちりめんの長袖を着ています。羽織の裏で作った細かな紅白の市松《いちまつ》模様の長襦袢をチラと袖からみせて。これまた私の半衿だった刺繍《ししゅう》の帯をさせています。

一度、あんまり顔が汚れたので、京の人形師さんに、きれいにしていただきました。ずっとガラスケースに入れないで、いっしょに暮していますので、こちらの老いと同じ歳月、汚くなって当然なの。でもおなかを押すと、きゅんきゅん答えがあります。

ずっと昔、この人形を撮って下さった方のきれいな写真額が出てきたので、今の人形と並べてみました。すると、居合わせた人みんなが、一瞬ぞっとした感じの沈黙……。

なんと、写真の人形より、今の髪が二センチほど長く、伸びていたんです。一度人形師さんに顔の手入れをお願いした時、髪をすっかり新しくして下さっていたのですね。

それに気づかなかった人間の、人形への畏怖！同じ部屋で汚れながら暮しています。

# 藁算

一九六八年四月、婚約者戦死地・沖縄へ初めて船で渡って、「美しい竹富島《たけとみじま》」の存在することを新聞社の方に教えられました。

空路石垣島へ、そしてエメラルドの波の上に平らにみえる竹富島へ。

「島というと、山型を想像されるかもしれませんが、竹富島は眉毛島と呼ぶくらい平地の島なのです」

島に在る喜宝院《きほういん》の上勢頭《うえせど》亨《とおる》院主《いんじゅ》さんは、古代史に興味をもち、歴史的証しである島の生活用具や、労働用具、織物などを大切に集めていらっしゃいました。

今は亡くなられてしまった上勢頭亨・昇《のぼる》のご兄弟にはどれほど多くを教えられたことでしょうか。もちろん、部屋にかけているこの藁算《わらざん》は、この時、院主さんからいただいたものです。

明治三十六年（一九〇三年）まで、人頭税《にんとうぜい》という残酷な税が取り立てられていた八重山・宮古などの先島《さきじま》地区。

人間には、体力や能力にさまざまなちがいがありますのに、一律に税を割りあて、その税を納められ

ない「人頭税の未納者不良者」には、恐ろしい拷問《ごうもん》が加えられていたのです。その拷問に使われた割鞭《わりぐち》（竹）、皮鞭《かーぐち》（皮）、死鞭《しんぐち》（樫の棒）も残っていて。

水田に適さない小さな島は「米を納税せよ」と強《し》いられると、島人《しまんちゅ》は大変でした。遠い西表《いりおもて》島まで水田を借りて米を作りに通っても、荒れた日には風強く、波の高下で平坦な竹富島が見えなくなって、帰る方向を見失い、沈んでしまったサバニ（小舟）もあったそうです。

首里《しゅり》から出向《しゅっこう》の地方役人は威張っていました。女を弄《ろう》し、労働を強い、百姓をこきつかうんですね。民を大事にとおふれされても、自分の都合のよいようにしか暮さない……。

女性はひたむきに機織りを（作品は貢納）、男性は農耕を。

島を美しく観《み》せる気持で作る余裕なんてまったく無かったこの島の先人たちは、とことんの苦渋から自分たちの美創作を活《い》かして「町並保存」に価する島のたたずまい、そこを舞台に伝えられてきた笑《ばら》し狂言《きょんぎん》・伝統音楽・舞踊・種子取祭《たねどりまつり》（無形文化財）に、ますますかがやく、夢ランドです。

「藁算のことを、バラッタ算というのですよ」

亨先代の愛娘同子《ともこ》院主と結婚して、蒐集《しゅうしゅう》館で観光客に説明しておられる上勢頭芳徳《よしのり》氏は、藁算を折って語られます。

「とにかく農民には絶対学問させないんですからね。藁で計算する藁算を考えた昔の島民たちの賢明さが、すごいですね」

と。何度聞いても涙です。

# 黒塗り箪笥

「この子、結婚荷物に箪笥《たんす》が無いわ。弘子ちゃん、あんた古い箪笥やってくれはれんか」

今考えても、わけがわからないのです。

焼野原の大阪へ出ましても、何一つ売っていない戎橋通りに、人はいっぱい歩いています。買うもんも、売るもんも無いのに、「ここはたのしんで歩こ」と人並が続いていた敗戦後の風景を思うと、夢のようです。

どうして何にもない状態で、出発できたのか、よくわかりません。

ただ、姉が開き扉になっていた桐《きり》の箪笥を、そして父母が使っていた古い箪笥を、譲ってくれたように思います。ところが、それも、私が可愛がっていた姪《めい》や甥《おい》が成人して一家をもつたびに、

「どれがええ?」

と好きなのをきいて、あげました。

甥は男の子だけあって、幼い時から祖父母に可愛がられ、その名残りを覚えていたのでしょう、「これは両親の」と大切にしていた箪笥を「ほしい」と申しました。当然の成りゆきでしたが、当時、松江

で世帯をもった甥を守ってほしい一心、甥のそばにあると、こちらも安心でした。

私は民芸店でカッチリした箪笥を求め、洋服箪笥も便利に使わせてもらっています。軽い桐とはちがって重いのですが、それはそれなりに親しい重さがあります。

京都へきて、古道具店をみせてもらうことがありました。天神《てんじん》市にも、東寺《とうじ》の市にも、路上にお道具が置かれていて、その中には、いとおしいような小さな紅箪笥や、古典的な大皿などがありました。

こころみに一つ二つ求めてみたことがありますが、それはいいものでした。

桐の箪笥も出ていましたけれど、父母の愛した道具の中で育っていた私としては、やっぱり桐の目の明らかなものは、自分で責任をもって選ばないと落着く気になれません。

結局、朱塗、とか黒塗で、ていねいに作られている箪笥に、

「どういう方が、どのような……」

と、自分も心を整理するように片づけています。

今では部屋の一隅を守ってくれているだけで、昔使いはったお人のようにはとても使わせてもらっていません。首まわりのスカーフ入れとか、上衣とか、スラックスとか、もうめちゃめちゃ。

でもやはり古い黒塗りの味は、変りません。これは薄手の仕事なので、軽いようです。

「昔の人はええ仕事したはるな」

と驚きます。

# 仕事机

昨日、まだ今日（一九九九年三月十三日）にならない時刻に、不意にドン！　という音がして、「あ、地震」と思ったとたん、ゆらゆらと揺れました。毎日の新聞を見ても、大小、どこかの地区が揺れています。あの阪神・淡路大震災の時、こちらは京にいましたのに、やはりまったく今日と同じように、ドンという衝撃音、はっとしたとたんに揺れたんです。

部屋には廻《まわ》り椅子のついた楢《なら》材の仕事机と、一段低い炬燵《こたつ》の上に大板《おおいた》をのせて机らしくしたものとが並んでいます。どちらにも電気スタンドと本。同じ部屋にベッドを作って置いているんです。

仕事をしていて、疲れたらすぐに横になれるようにとの、くふうなのですが、何分、和室の八帖部屋、三十センチほどの柱を大工さんに造ってもらって、その上に西陣の知人のお宅が中戸《なかど》にしておられた桟《さん》戸《ど》をいただいて横たえ、その上に一畳のたたみを敷きました。

そこへ、ふつうの夜具をしいて眠っています。枕元の小机には本を読む時の和風スタンド、読みかけ

の本や、思いついたことを綴るメモもあって。

人にみせるための部屋ではなくて、自分に便利なような配置です。北むいて眠ると、目があいたらすぐ床の間なので、好きな書や絵がかかっているわけなのですが、好きな絵はつい季節を問わずいつまでもかけていて、

「あれっ、今、何月だったのかナ」

なんて、わからなくなるのですよ。

あの阪神・淡路大震災の時、はっと地震にころがり出て、仕事机の下に身を入れようとしたんですの。まえに述べたくずかごも、まだ机の下にはいっていて……。

とにかく、ベッドの下は空気の通う空間があるはずですけど、つぎつぎとふえるコピーの箱でいっぱい。とんで入って身をひそめようとした仕事机の下も、知らぬうちにいっぱいになっていて、とても私が入れてもらう空間はありませんでした。

すぐテレビをひねって、あの悲惨を知ったのでしたが、震度三、震度四と、つぎつぎに地震の起きる風土です。

やはり、心用意が必要ですね。

最低のちり紙、ハンカチ、手ぬぐい、そうだ、眼鏡や拡大鏡の一つも。

それから日本家屋のほかに身をひそめる所がないわけですから、仕事机の下には資料を押し込まないで、自分一人分の空間は、確保しておくようにします。

亀岡とか、京とか、滋賀とかいわれる身近な地震対策の一つに。

# 母の写真枠

四歳年上の兄、博が戦死してその遺骨帰還の時、軍帽を着た偵察士官の写真が、その列の前列にありました。もちろん黒枠の喪額に入れられて……。今も、そのまんまです。

当時は「名誉の戦死おめでとうございます」と町内会から挨拶されたものです。

「兄ちゃん死なしたんやて。ごめん、ごめん」

報せを聞いてとんでこられた隣りの小母ちゃんが、わっと泣いてくれはったありがたさ。涙を見せたらあかんといわれていた母や私も、どっと泣きました。

油絵を描くのが趣味だった兄は、女学校へもゆけずに療養していた私を、画架の前に座らせて写生してくれました。

「あんまり固く緊張しないで」

まじめな兄の気質を知っているので、気を張っていたのです。せっかくの作品はもちろん空襲で焼けてしまって。親にも兄妹にも友にも沈黙の、深い孤独意識があったようです。いずれ戦争で死なねばならぬ十八歳の若者、思春期の四つちがいは決定的な差でした。

母思いの兄でした。

今はもう九十歳を越えられた朝比奈隆先生の指揮で、初めて大阪朝日会館で交響曲の夕があった時、兄は音感豊かな母を誘って参加しました。

兄にとっては、心からの母との音楽鑑賞だったでしょう。母も「博さんとゆくのやから」と、お洒落な着物で行ったのでした。

兄の母思いは家中がよく知っていましたから、この音楽会については、さすがきびしい父も気持ちよく許したのです。

「どう？　良かったでしょ！」

満員だった盛況の中で、兄は母と並んですわったわけですが、言いたくなさそうにポツリと申しました。

「あのな、田園交響曲のええとこでお母ちゃん居眠りしはるねん」

私は、ハッとしました。

母は画才も兄と通う仲好しでした。音楽も大好きでしたが、何といっても当時は店と、奥。どちらにも責任のある母は、くたくたに疲れ切っていたのにちがいありません。

偶然、亡くなる前に撮れた写真を今も部屋にかけています。兄も母も可哀想やった。なあお母ちゃんと、額を仰いで語りかけます。

輪島の奥田達朗氏は、

「このお母さんの写真は、ぜひ朱塗の枠の額に入れて下さい。黒枠に入れないで……」

と、明るい朱枠額を作って下さったのです。はにかみ含んで、母は微笑していますの。

# シーサー置物

敗戦後すぐにも沖縄へとんでいって、婚約者がどこでどうなったか探すのが当然ですのに、米軍占領の沖縄にはビザがおりませんでした。またそれどころではない混乱でした。

「行きたいところはどこですか」と訊《き》かれるたびに「沖縄」と答えていて、結局、東京の知人麻生芳伸《あそうよしのぶ》氏がご苦労下さり、『琉球新報』東京支局の石野朝《ちょう》季《き》支局長さんや親泊《おやどまり》一郎社長のおはからいで、「講演依頼」の招請状を下さり、それを見せて渡航許可がとれたことでした。通貨は米ドル。

当時、『琉球新報』の記者でいらした嶋袋《しまぶくろ》浩氏には、何彼とご苦労をおかけしました。いたるところに沖縄戦の残骨のこる南部地域や、日本軍玉砕ときくあたりの田畑の間を案内して下さったり、深い洞《ガ》窟《マ》をのぞかせて下さったり、何も知らなかった私が沖縄を書かせてもらえた大きなお力でした。

三十年も前のご交誼《こうぎ》のおみやげ、一対の陶器シーサーは、ずっと玄関の入口に置いたままです。今はラジオ沖縄社長でいらっしゃる嶋袋さんから重い荷物が届いて、私は玄関で包みを開いて中からこの立

派なシーサーを抱きあげ、応接室に飾りました。

シーサー。沖縄の魔除け、守り神です。

どのお家の屋根の上にもいろんな表情のシーサーが乗っています。ビルの壁に描いたシーサーもあります。獅子なんですね、百獣の王。正しく在る限り、弱き者を守っているシーサー信仰が、沖縄の美しい天地を代々守ってきました。

けれど、その自由な貿易国だった琉球王国を江戸の意をうけた薩摩《さつま》藩が武力で侵害し、明治になって日本政府が「琉球処分」。沖縄県としてしまったのです。


それからの日本は「平和守礼《しゅれい》の邦《くに》」である琉球を痛めつけました。日本軍を入れて住民を迫害、そこへ日米戦争。米軍が上陸して悲惨極りない沖縄戦大殺戮の地としたのです。

この堂々としたシーサーに、魔である私は申しわけなくてなりません。いったい日本は沖縄を守らず、シーサー魂を尊ばず、いまだに巨大な米軍基地支配に苦しめています。

平和の魂《まぶい》に生きる沖縄の人びとが、大和《やまとぅ》の無礼を忍従していらっしゃるのをよいことに、日米新ガイドラインなんて、世界への宣戦布告、戦争はもうこりごりです。

世界は愛で結ばれなくては！

嶋袋浩氏は、このシーサーに宛てておハガキを下さいました。

「大和にも魔物《マジムン》は多い。やよシーサーよ。イッコネーネーを守れよ」と。

# 炬燵盆

茶の間に置炬燵《こたつ》があります。

春炬燵という言葉がありますが、今年は寒暖定めなき、いわば寒い春。寒い春は長いですね。

朝、目がさめると炬燵のスイッチを押し、そばの火鉢《ひばち》に炭火をおこして一日がはじまります。

暖房らしい暖房をしていないせいもあって、椅子の仕事机に移らないまま、つい、この炬燵で新聞、通信物を見、ここで仕事をしてしまうことが多いのです。

炬燵の上には、私の古着を仕立てて作った炬燵ぶとん。いまは小桜模様で、春のふとんですが、その上に炬燵盆をのせて、それが例の奥田達朗氏作の朱塗、裏は黒塗です。

もう二十年以上も使わせてもらっています。もちろん冬、そして、夏も。

この置炬燵を一つの机ともして、ぬくめなくてもいい季節になるとふとんを藍《あい》布に替えたり、レエスにしたりして、盆は裏がえして黒の方を出します。

七一センチ四方の盆、そして、一センチ二ミリほどの幅のフチが、一センチ五ミリほど立ち上っていま

す。立ち上っている方が朱塗で表、黒塗はなめらかなだけです。

このわずかなフチの立ち上りが、とてもありがたいのです。元来の茶の間は、食事の間ですから、この盆の上で三度の食事、時にはおやつ、時には客人の応対で食べものが並びます。朱といったって、底の黒や、ムラの出ている塗り、フチにははげてきているところもあるのですが、自然な長年のいとおしみ、大切にしています。

もう年のせいもあるのですが、よくこぼすんです。ごはんもこぼす、おかずもこぼす。何より、ひやっとするのはお茶や、おつゆを盆上にたおしてしまうことです。

初めは、どきんとしていましたが、そんな液体の流れに、この立ち上りのフチが役に立って、盆上だけのびたびたで、とどまってくれます。

もし、フチの立ち上りが無かったら、ふとんの上にも膝の上にもどんどん流れてくるでしょうね。その意味では、立ち上りがうつむいてしまう夏分の黒塗りでは、緊張します。失敗はきっちり失敗として、台上からしたたり落ちますから。

制御のきかない年齢になって、「なんで、そんなことになるの」と自分に呆れることばかり。この炬燵盆には、助けられています。

部屋の中心にある春炬燵の色彩が、部屋の雰囲気を和らげています。

# 草履

京へきて、まだあまり日もたたない頃のことです。建仁寺《けんにんじ》へまいることがあって、四条通から大和大路《やまとおおじ》を下がってゆきました。

ふとみると、飾窓の中に「あ、ほしいな」と思う草履《ぞうり》が一つ目について、

「帰りにはぜひあの草履を求めましょう。お寺に行ってる間に売れないように……」

なんて、呑気《のんき》なことを考えながら通りすぎたのです。

もちろん、和装で明け暮れしていた私ですから、それまでも下駄や草履はそろっています。

「はきもの」というジャンルにも、作品に個性の光る魅惑的な存在がありました。私は、大阪〝島の内〟の「いぼや」というお店で、生まれて初めてすばらしい男下駄を見せてもらい、まったく「誰に」ということもなく求めてしまったことがあります。

はだしで歩けない暮しの約束。

それならば歩きやすく、足の裏のよろこぶ感触のはきものをと、気に入った品を見つけると求めて、箪笥《たんす》の引出しに納めて「いずれ役に立つ時」を待っていたのでしたが、「そのつもり」のものは全部、

米軍空襲の時、焼けてしまいました。

京で、初めて手に入れたお草履、それは今も大切に手離さずに持っています。いえ、この草履ではありません。もっと細くて靴に近いモダンな紅と渋い銀で作られた「これでダンスもできるわなァ」の、しゃれ草履でした。

その時のご縁で、それから「ない藤」さんのはきものを、はき通してきました。

祇園街に近いこともあって、一度はいてみたいおこぼ（こっぽり）も美しく、つっかけ一つにもいい仕事がしてあります。

雨の利久下駄から男下駄、高校生やご出家のはきもの、私の着物に合わせたはきものをたのしませてもらいましたが、もう着物の着られない自分になって、若く美しい和装の方に、ほとんどもらっていただきました。

これはゆったりした分厚い草履で、少しだけ残した中の一つ。やわらかな春支度です。


太緒の裏は赤。フェルトが先の方では二枚、かかとの方では三枚重なっていて、雲の上を歩くみたい。とても楽です。

ご主人、内藤道義《ないとうみちよし》氏は、はいってくる客の足もとで歩きぐせ、性格、それに健康診断までされるみたい。いつか何気なくはいっていった私の足もとをみて、「お加減よくないですね」といわれたことを思いだします。足もとは大切。花緒を足に合わせてすげて下さる。

出所進退、そして脱ぎすて。さあ、出発。

# 箏

母の妹にあたる叔母や、父の姪にあたる姉妹は、幼い時からお箏《こと》が上手だったそうです。どこから出るのかしら、と思うような高い張りつめた声で、のびのびと歌って、むつかしい手事《てごと》をよくきかせてくれました。幼い時、そういう人びとの弾く姿を見、やがて姉の弾く箏をききました。

今もうちにある古い箏は、その時分からある稽古《けいこ》箏《ごと》です。

女学校へ進むと、箏曲科《そうきょくか》というのがありました。ともかく基本をということで、箏曲科に入れてもらったのですけれど、すぐに休学して転地療養しなければならなくなり、ほんとの手ほどきだけで、終ってしまいました。

ただ、いわゆる楽譜を習いましたので、身内の人たちに習っていたような音だけの伝習でなく、ほかの曲も楽譜で弾いてみることができます。忘れていても、楽譜をだすと、曲をなぞってみることができるんですね。

今のお稽古は、どういうふうになさっていますのかしら。私自身は身内に教わった「六段」や「千鳥

の曲」など、耳で覚え手に親しんだ曲の方が、身に染みていて忘れ難いのです。

譜台をたてて、譜面を見ながら弾くより、前に何も置かずに弾いている方が、演奏の自然な形と思われます。

母は若い頃から幼稚園の先生になりたかったそうで、小さな人の歌拍子をとるため、オルガンや、バイオリンを独習していたそうです。娘時代は長唄、三味線をお稽古したそうですが、私がお箏を横たえると、何でも自分の曲にしていました。

たとえば母のまったく知らない宮城道雄先生作曲の譜面を見ながら弾いていますと、ほんの少しの間でも、うまく曲を作って入れて、はずみをだしてくれました。

うれしそうに、自由自在に伴奏、合の手、手事を入れます。そんなことは習ったわけではなくて、自分が心弾ませて、とっさに流すのです。

朝、六時頃からもう鶯《うぐいす》のうるわしいホーホケキョーがきこえます。

「こゑ絶えず啼《な》けや鶯一とせに再びとだに来《く》べき春かは」

なつかしい古今調子《こきんちょうし》の「春の曲」が弾きたくなります。「時鳥《ほととぎす》の曲」「新巣籠《しんすごも》り」「稚児桜《ちござくら》」教えて下さった方がた、さまざまな思い出を桐の箏に帯《たい》して、でももう年に一、二度しか。

昔、書いたことの一つに、

「弾かれなければよき弾き手か否かがわからないところに楽器の悲しみがある。弾いてみなければよき楽器か否かがわからないところに、弾く側のおそれがある」

と。

それどころでない古い箏です。

# 爪箱

前項の箏《こと》の時、爪箱《つめばこ》を書きませんでした。ほとんど一生つき合っている稽古《けいこ》箏に、その昔から添えられていた数個の爪箱のなかで一つだけ大切に、置物のように違い棚へ飾ったりしているのは、朱塗白菊の爪箱です。

咳《せき》をしはじめた私に「ここで寝つかれたらかなん」といって離婚を承知し、母の住む実家へ戻してくれた人の心。母のそばへ戻って胸に湿布をして寝ていました。

岡部は父を亡くした時、税金が払えなくて破産していましたから、すこし元気になると、すぐ働かなくてはなりませんでした。

思いがけなく道ですれちがった箏曲科の時のお師匠さんに、

「もう一度勉強し直して、箏曲で身をたてなさい。あなたなら大丈夫、やってごらん」

と励まされて、そのお師匠さんのおうちへ基礎から し直すために、何度か通いました。

ところが、駄目なんです。今度はお遊びではなく専門家になる訓練ですから、時間を惜しんで箏にむ

かうわけですが、けんめいに弾いていると胸が熱くなり、からだが火照《ほて》ってくるのです。微熱があふれてくるのですね。

とうとう、通えなくなって、又、安静にして文をつづることしかできなくなったのですが、爪箱は、私のもう一つの爪というふうに思っていました。すさまじいばかりの訓練は、ぶさいくな私の指先をもいためていました。私は生田流でしたから、山田流の爪とはちがって四角い爪の形です。

沖縄の堆錦《ついきん》の手法で作られた紅朱塗の箱に白菊の花と蕾《つぼみ》が浮き上っている爪箱ですが、昔のように美しいとは言えないくらい、くすんできました。

いつか美しいベトナム女性が、

「YMCAでお琴を習っているの」

と言われたので、さっそく箏の用意をして、

「さ、この爪では無理かしら」

と爪箱をだしました。すると、

「ちゃんとハンドバッグに入れて爪を持ち歩いているから大丈夫」

と、その美しい指にぴったり爪をはめて、コロリン、サーラリンとみごとに調和のお姿でした。彼女のご苦労を知っているだけに、すぐ病熱でダウンしてしまった自分が、はがゆくてなりませんでした。

今はめったに箏を弾くことがありません。けれど、お月さまの美しい夜とか、何かの記念日など、ふと箏糸の音がなつかしくなります。爪箱を撫《な》で、爪をだして、親指、人差指、中指……と、はめてみます。しっかりはめないと、弾くうちにぽろりとはずれたりしますから、ちょっと口に含んだりして。

ぼろけた爪箱が見えています。

# 徳利

戦前、通称瀬戸物町《せともんちょう》といった瀬戸物問屋街で育ったので、まったく自分勝手な手ざわり、色、柄、大きさなど、自分好みの「半端物」が残っています。

当時の陶器神社の夏祭には、大阪瀬戸物祭が催されて、各町ごとに陶器で衣裳や舞台を飾りつけした小屋がたち、三日間は人出で賑《にぎ》やかでした。

いろんな窯元《かまもと》が店をもっていますが、ふだんは地方から仕入れ、注文にみえる陶器商の方のための問屋で、一般の誰にでも小売《こうり》してくれるのではありません。だからご近所でも「蔵ざらえ」という形で、一年中の商いに残った半端ものを「大安売」される、この祭りを待っていました。

清水焼の老舗小坂屋さんとは、父母ともに仲よし。だから安心して、たくさんの人のそばをくぐって幼い子の時から半端物を探しにはいりました。家の器は私の手に合いません。

自分の好きなお茶碗やお湯呑《ゆのみ》、小皿など、店の人にひやかされながら求めました。

十人前とか、二十人前とか、昔は何かの行事には、ほとんど家で膳を作っていましたから、

「あ、これは私の生まれる前からあった一式」なんて、なつかしいものがありました。

戦争ですっかり様子の変った瀬戸物町から、清水焼の小坂屋さんは京都五条の本拠へ戻られ、そのあと、山科に清水焼団地町ができて、幼い頃から親しんできた坊やが、小坂進社長。

この清水焼団地町でも「祇園会協賛の陶器祭」が、毎年催されています。

食器棚から何気なく取りだしてきたこの徳利は、めずらしい角型彩色、色絵《いろえ》美しくて。そうですね、二十五年は昔にわけてもらった時から冷酒、燗酒《かんざけ》いろいろ入れてたのしんできました。もちろん半端ですから、たった一つしかありません。

けれど、現在ではここまでていねいに絵付けされるお職方がいらっしゃるでしょうか。黙って、心ゆくまで好きな仕事をしてこられた熟達の技と満足の喜びを思います。

初めての客人に乾盃のご挨拶をしますと、何だかお酒好きのように思われてしまいますが、私は乾盃！だけです。お酒も煙草も嫌いではありませんが、自分の弱い身体を守るために飲みませんの。

ただこの色絵徳利が出ますと、卓の上がはなやぐものですから、客人にほんの一本、もてなしに置きます。時には飾り棚に置いたり一重《ひとえ》咲きの山吹を挿したりします。

この模様は占いの呪《じゅ》符のようですが、誰にも読めません。

# 踏み台

「せっかく宿替しはったんやから、何ぞ、お祝いあげたいと思うねん。私らのできることで、何か欲しいと思うたはるもん、言うてちょうだい」

北白川から現在の家へ家移りした二十四年前、姪のみつこが、そう言ってくれました。よく似ていると人に言われる姪で、その夫、徹《とおる》さんも優しくて自分を曲げない、いい人です。二人が結ばれるのは、私の願いでした。

「さあ、今、いちばん欲しいのは、踏み台やけどなあ」


これまでも踏み台無しには来ていません。でも、長い間、重いなあ、古いなあ、ごっついなあと思いながら、ずっと持っていた踏み台は、台が二段になっていて、その間の穴に紙くずを棄てられるようになっていました。

たしかにしっかりしているのですが、踏み台はどこでどう使うことになるか、わかりません。必要なので頑張って持つのですが、材質が重厚で、私にはとても重いのです。

つい「踏み台を」と言った私に、みつこ夫妻はど

れがいいかを丹念に探してくれたようでした。

余分な造りがなくて軽いこと。材質が良くて、必要な安定が計られていること。

これが大切です。他がどんなによくても、全身で乗って電球を替えたり、高い所を拭いたりしている時に、足もとユラユラ揺らいでは、とても乗っかっていられません。その上に乗るための台ですもの、不安定なら成立しません。

「ずいぶん探したなあ。これならええわと思えたので」

と、二人で持ってきてくれた踏み台は、私が片手でもてる軽いもの。丈三十余センチ、台の長さ二十五センチほどでしょうか。材質のよさ木目《きめ》の流れも、重さを支える力でしょう。

そのまったく余分なもののない構成が、どんなに計量的によく計算されているのか、ありがたい造り手のご苦労を思いながら、木の椅子の上にさらにのせたりして背丈の不足を補っています。

違い棚の上の袋戸棚に入れている古い品を調べるにも、額《がく》の掛け替えにも、無くてはならない品です。私の手に合う軽さ、そして足もとまったく安定したまま、この年月を守ってくれているうれしさ。

廊下の突き当たりに置いていますシルエットを見ると、きれいで安らかで、ホッといたします。

遠慮なく「踏み台」なんて言って。でも、この台あればこそと感謝です。

# 数珠

いまでも、いくつかのお数珠《じゅず》があります。ガラスや、石や、珊瑚《さんご》、香木《こうぼく》細工など。対談させてもらった女性の得度師からはカラフルな貴石揃《ぞろい》のお念珠をいただきました。

母は病床に臥《ふ》す私の手に、お数珠を握らせて、「急にしんどなって心細うなったら、このお数珠を持って、なまんだぶ、ととなえなさいや。お母ちゃんかて、そんな時はそないするねんさかい」と、よく申していました。

でも、思わぬ長生きをさせてもらって、現在、大切に使わせてもらうのは夏は水晶、他の季節は真珠のお数珠です。それも、日常は離れてしまって、形よりも心、気楽な在りかたです。

この真珠は、取材で訪れた英虞《あご》湾で生まれた真珠でした。

健康なあこや貝は、その外套膜《がいとう》から分泌する真珠層を、貝の内側に塗りつけてゆきます。養殖真珠が考えだされたことはすばらしいことでしたが、どんどん海水の汚染されてきた中で、どうなっているのでしょうか。

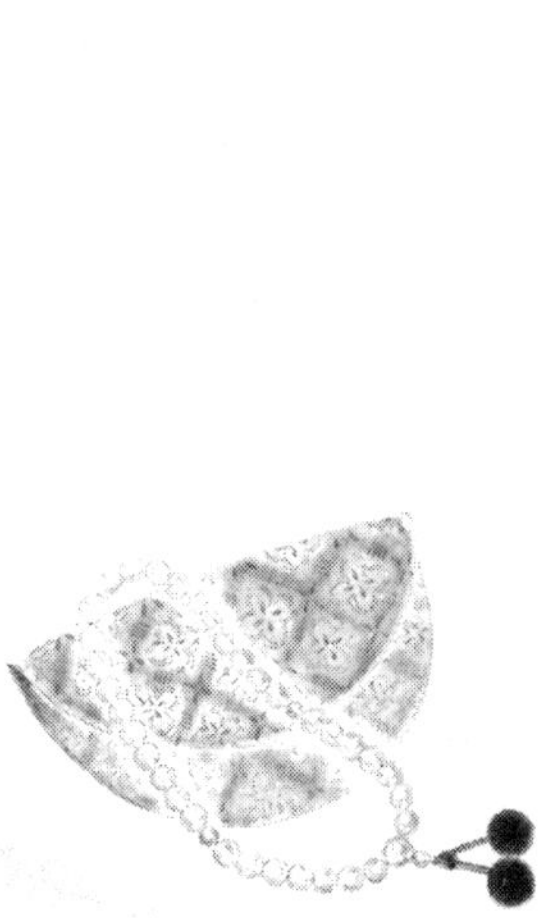

真珠層を巻きつけてもらうために、わざと人工でつくった玉に、外套膜の小片をくっつけて、こじあけた貝の身に入れてゆく作業を見せてもらいましたが。

「貝が疲れてきますと酸性になります。せっかく結晶していた真珠層を、自分で溶かしてしまうんです」

つまり、いのちは貝も人間も同じこと。自分で自分をよき存在にする努力が自分の真珠層なのでしょうか。それが疲れると傷になり、病いとなるのでしょう。

でも真珠は、その疲れで溶かした陥没を、環境をととのえ健康にしてやると、また陥没の上に真珠層を結んでゆくのですって。

昔の真珠、天然の真珠。

偶然、砂や小石がはいったあこや貝は、みごとな真珠を抱いていたでしょう。

『万葉集』にも、それをひろった人の感動が詠われていますし、あのローマ神話のヴィーナスには、地中海のあこや貝からうまれでた伝承があります。そう伝承せずにはいられない真珠ヴィーナスの誕生だったのでしょう。

私は、指輪も首飾りもいたしませんので、三十五年前にわけていただいた真珠を、どうしようかと悩みました。そして、身勝手なことですが、それをお数珠に仕立てていただいたのです。

夏の水晶は一度、御堂内でパッと糸が切れて水晶散乱のまま失礼しましたが、お坊さまがたちまち新品を贈って下さって。

この真珠は元気です。

# 壺

京都に住んだおかげで、古代の列島各地にどのように数多くの渡来系氏族が、みごとな技術や文化、経営の妙を培かってきたかが、実感としてうなずけます。

とくに朝鮮半島、中国、東南アジア、ペルシャあたりまでの美しい伝統芸能や造型美学が、なお息づいているようです。

けれど、明治以来、日本は強制的に併合した朝鮮半島、沖縄、台湾などで、土地自身の歴史や文化を踏みにじり、皇民化政策をおしつけました。

そのため本来の母国のことを何一つ教えられず、その尊ぶべき出自をかえっておとしめられて育ったお人のなかに、今は亡き鄭詔文《チョンジョムン》氏がいらっしゃいます。京都の北区、高麗《コウライ》美術館の前理事長でした。天性、美感覚すぐれたお方でしたが、日本の敗戦後、何気なく通りすがりの飾窓に飾ってある白磁の壺に魅せられて、その店にはいられたそうです。そしてその気品高い壺を李朝《りちょう》の品と教えられ、

「あなたの祖先の作られた壺ですよ」

と言われて、それこそ、その文化美を全身に花咲か

せられたのです。

以来、けんめいに働き、借金し、ご夫婦が心を一つにして一つ、また一つと大切に買い集められた品々は、植民地時代、日本の軍・官・警・民に略奪されたかの感ある品でした。それを十年余り前、

「ここはすでにワンコリアの館です。北も南もない朝鮮民族のルーツで在日の自信と誇りを見て下さい。外国の人びとは国を超えた美に理解を深めてほしい」

という詔文氏のご挨拶で、晴れやかな感動の高麗美術館開館となったのでした。

鄭詔文氏によって白磁や青磁のすばらしさを学ばれた方がたも数多く、金正郁《キムジョンウク》さんも自宅の庭に窯を作って、制作を続けていらっしゃいます。

鄭氏が亡くなられて、千人もの人びとが涙でお見送りした時、正郁作の壺にお骨が納められたときいていました。

ごいっしょにお墓まいりに行く途中で、金さんに、

「私にも骨壺《こつつぼ》作って下さいね」

と、お願いしたのですが、そのあとあのすさまじい阪神・淡路大震災で、神戸の金さんのお家も、めちゃめちゃになってしまいました。

それまでに作っていらした壺の中で、

「たった一つこの壺だけが箱にはいっていたため無事だった」

と送ってきて下さった白磁の壺。金さんのご無事を感謝して、ずっと大切に飾っています。人の運命は、いつ、どうなるかわかりません。綺麗《きれい》な正郁さんのお心です。

# からかさ

　これもいただきものの大壺を玄関の脇に置いて、そこへ一本、からかさをたてています。「からかさ」というからには、唐か、韓か、渡来文化の一つなのでしょうか。

　もう、からかさの似合う着物、雨ゴートに身を包んで雨中に出てゆくことはなくなりました。けれど来客を送りだす時、雨が降っていますと、この傘をさしかけてお見送りします。

「あ、珍らしい傘ですね」

と言って下さる方もあって、こちらはするするパチンと気持よく開く雨中の花、竹の骨、油びきの和紙の二段はじきをたのしんでいます。

　三十年近い昔、蛇《じゃ》の目傘の制作をみせてもらいに岐阜まで行ったことがありました。

「和傘は八十工程といわれる位にたくさんの人手が要りますが、それだけに仕事に参加する人びとをうるおわせますし、美しいものですしね」

と、分業の協力を大切にして、骨を細く削るお方、みるみるしなやかに竹が骨にかわってゆく、そして骨をひろげて紙をはってゆかれる呼吸。あの京扇子

のように、表面には名もだされない方がたの手仕事が尊いのです。

どの部分がどう手をぬいても、まともな結果がでないという地道きわまる作業をしておられた方がた、あれからまた時代・好尚の変化で、生産はどうなったんでしょうか。

あの当時、高校生の間に、からかさをさすことが流行したときいたことがあります。そういえば私が話しこんでいた祇園の「ない藤」さんへ、雨しぶきにまみれて一人の青年がとびこんでみえたことがありました。

「からかさ、ありますか」

セーター姿の若者がいろんな色のからかさをひろげてみて、水色と藍の重なったような美しいからかさを選び、それをさして激しい雨のなかへ出てゆかれた時、そのからかさの上に降りしぶく雨音が身体にひびいてくるような気がしました。

男の子と女の子の仲の良い様子をからかうのに、「相合傘《あいあいがさ》」の略図をよく書かれたもの。洋傘では二人は無理、どうしても肩先が濡れてしまいます。からかさの内は広くて、それでもやはり濡れるでしょうが、だいぶん感じがちがうんですね。

今はもう洋傘、兼用傘。晴雨兼用の和傘を「照《てり》降《ふり》」とか「両天《りょうてん》」とか言ったということを、今日、初めて知りました。そんなからかさがあったなんて知りませんでした。

そう「夜目《よめ》、遠目《とおめ》、傘《かさ》の内《うち》」なんて人を美しく見せる微妙の光線と傘の色を語ることわざがありましたね。

# 湯桶

旧暦、というのをやめて、私は自然暦といっているのですけれど。五月五日には咲いていなかった花菖蒲《しょうぶ》が、例年より早く五月末から咲きだしているのですって。

昔、端午《たんご》の節句には菖蒲に蓬《よもぎ》を添えて軒へ置きました。もう、軒のない洋風建築が多くなりましたので、町を歩いていてもあまり見ることはありませんが、軒のあるわが家では十年くらい前までは、のせていたような気がします。

菖蒲湯を家でたのしめる古い民家。おかげで、軒端の草をもいっしょに、内湯に浮かべて、自然の精気を匂います。草の霊力をいただくわけですが、ハイカラ湯船では、そんなことをする余裕なんてないでしょうね。

ええっ、まだそんな湯桶《ゆおけ》使うてるのん。

びっくりされるか、わかりませんが、京都へきて使い心地のいい湯桶に恵まれました。挿画を描いていただいている中村洋子さんは、私のだしてきた湯桶を手にとって、裏の刻印に「あ、たる源さん」とおっしゃいました。

そうなんです。こんなにボロボロになって、凹凸いっぱいできてしまったフチですが、胴は、しっかりひきしまっているんです。

正直、こんなに長い間、実用させてもらえるとは思っていませんでした。

大阪の町湯で育った私です。父は朝湯。近所の旦那方とごいっしょに、仲間ができていました。母は午後か、夜か、その日の用事の手が空いた時に、私を連れていってくれました。知っている方がたに逢うと、石畳の女湯の中でも、裸で膝をついてご挨拶していた姿が思いだされます。

当時の銭湯の湯桶はもっと分厚い桶だったでしょう。私は、ずらりとうつぶせにして並べつまれていた湯桶、橋のたもとにある町湯の近くに柳の木があったこと、あの一九四五年三月の米軍大空襲で、何も彼も無くなってしまった大阪の町で過した少女時代の風景は、ぼんやり、二、三カットしか記憶にありません。

この町湯とは、転地療養が始まると同時に縁が切れました。

この町湯の湯桶をおろそかに使っていたのを母に見られて、大変叱られました。母はめったに怒らない優しい人でしたから、その母にきびしく叱られたことは、十歳くらいの魂に忘れ難いおどろきが刻まれました。

母に、このたる源の湯桶を使わせてあげたかったな。たる源のお店の前を通るたびに、この湯桶を作っておられたご先代に頭を下げて「ありがとう」と申します。

# 電気スタンド

まだおひとり身でいらしたＮＨＫの島津雅子さんと初めて逢ったのは、一九六二年のラジオ放送「秋風によせて」でした。ハープの音楽と「今考えている心のエッセイを話す」というご企画でしたか。

もうすっかり忘れていて、何を怒ったやら、何を喜んだのやら。新人ディレクターでいらした島津さんの新鮮な番組作りと、若く、か細い雅子さんのお姿が忘れられません。

その翌年には、やはりラジオ放送「午後の茶の間」。その現地体験のために、二上山《ふたかみやま》へ登った時、着物、藁草履《わらぞうり》で、ぼろぼろ岩のかけらが落ちてくる中をよじ歩く私をいたわって、ともに登ってくださいました。

お心通われたＮＨＫの福田隆氏とご結婚、福田雅子さんとなられ、育児、家庭を守りながら、積極的に差別問題にかかわる大切な仕事を積み重ねられました。長いおつき合いで、いまだに私は甘えた気持でいますが、真剣な解説委員として意義深い活動をつづけていらっしゃいます。

住井すゑ先生と対談された『水平社宣言を読む』

『「橋のない川」を読む』（いずれも解放出版社）を拝見しても、その一言を生みだされるまでに行動された具体的な実績を思わずにはいられません。

　私は、のちに『関西文学散歩』（ＮＨＫブックス）としてまとめられた村山リウ、梁雅子、田中阿里子諸先生がたと三回ずつ担当した歴史語りに、ずっといっしょに歩いて守ってくださった雅子さんのま心に、テレビがはじまったあとも、いろいろ教えられました。

　なんの時でしたか、今から十五、六年前に、この麻布張りの傘をもつりっぱな電気スタンドをいただきました。

　現在の福田雅子女史と同じように豊かな存在感のあるこの胴には、いつか母にちなんで話させてもらった薔薇が五輪、渡辺一生氏のさわやかな刀によって刻まれています。

　机上に置いたスタンドに灯をともして、その前にすわると、

「何より仕事に灯は大事だから」

と、彫り手までご自分で決めてお願いくださったという、幾年月、変らぬ愛と励ましで見守られる友、福田雅子さんの、じつに澄んだ高い声がひびくようです。

　台と胴の間にくるくる巻いてあるのは、光り放つ芭蕉《ばしょう》の繊維。

　せんだって沖縄喜如嘉《きじょか》の平良《たいら》敏子さんが、京で芭蕉布展を開かれた記念のお話で「糸《いと》芭蕉の木から糸を採って」と、何本にも分けてゆかれた細い一本をいただいて、灯下の裾に飾っているんです。

# がま

いまは大阪の心斎橋の方へ移った佳川画廊主、吉川典子さんは、私が京都の嵯峨に住んでいた頃、

「あなたの写生が立派な方の油絵で売りに出たから、買ったらどうですか」

と、たずねて来てくださったお方です。

「写生」といわれても、モデルになった記憶がないので見せてもらったら、昔の写真をもとに描かれていました。吉川さんはそれを持って作者とされている画家にわざわざ東京まで行って見せたら、

「自分の描いた絵ではない」

と言われたのですって。有名な画家の筆致やサインを真似したら通る場合があります。

吉川さんは、私の疑問をきっちり晴らして下さいました。これはなかなか、できないことではないでしょうか。

それ以来「ほんとのことを話し合える」お友だちです。病床の私を慰めようと、数点の絵をくるまにのせてきて見せて下さったこともありますが、この「がま」は北区時代の佳川画廊をたずねた時、心にとまってわけていただいた木版画ではなかったでし

（熊谷守一「がま」をもとに）

ょうか。

熊谷守一作「がま」一柿木版社
五百旗頭欣一（刷師）丹波黒谷和紙
昭和四十三年（一九六八年）百部限定
彼岸花・椿・農夫・猫・蛾・かぶと虫・がま・
蟻・地蔵、計八種類の一つ

と書いた紙が、この額の裏に張ってあります。吉川さんの字ではなく、佳川画廊の紙には「がま」木版、熊谷守一先生作とあるだけ。きっとこの額が作られた時の記述ですね。それが張ってあるおかげで、簡単で力強い、「がま」の線が、生まれて三十一年になったのがわかります。がちっと足をのばしているがまは、当時の守一画伯のお庭に動いている花や虫たちの仲間だったのでしょう。

一九〇〇年に、二十歳の熊谷青年は東京美術学校へはいられたといいますが、その頃の洋画家はたちまち珍しがられたようです。私は、鍋井《なべい》克之《かつゆき》先生とは直接お目にかかって薔薇の油絵小品をいただいていますが、草創当時の日本社会は、まだ洋画になれていなかったのでは。

鍋井先生からいただいた御著『閑中忙人』のなかに、美校の同級生といっしょに、先輩の熊谷守一氏を訪問したという所がありました。谷中の墓地に近い長屋の二階で、

「二階へ上ると雨戸が締《しま》り、まっくらで蠟燭《ろうそく》が一本ともってゐた。例の『蠟燭』と題する自画像の制作中であった」

それは守一氏二十九歳の頃の思いつめた暗さ。「がま」の画境が守一先生の自己解放のお力をみせます。

# 黒眼鏡

女学校は、結髪《けっぱつ》が規定されている西本願寺系の学園でした。大阪御堂筋に面した北御堂。横堀のわが家からは東本願寺系の大谷学園（南御堂）を通って歩いて通える近さでしたが、二年生になると、一斉検診で連日の微熱が発見されました。

思えばその頃、「不良」といわれるかもしれないおそれを感じながら、黒い眼鏡をかけ始めました。とにかく、まぶしいんです。

アゴのとんがった当時の結核性患者の多い内科へゆき、また眼科で診察をうけて、女学校の校長先生へ届けをだした上で、黒眼鏡の子になりました。

胸部疾患のために休学して、勉学はそれっきり。郊外をあちこち転地療養して、いつのまにか安静が日課となり、元気なお友だちに見舞われ、そのうちに戦争悪化……。

いつとはなしに黒眼鏡は忘れていたのですが、京都へ来て、嵯峨、北白川と家移りした頃でした。ときどき、目が見えなくなって、神経がまともでなくなって、ヘンな気分のまま、二階から階段をすべり落ちたことがあります。

弱いのは全身で、目だけではないので、あまり気にしなかったのですが、一九六八年から、婚約者を戦死させた沖縄へ何度も通うようになりました。

何度目の沖縄ひとり旅だったでしょうか、那覇の宿で家へ連絡の手紙を書いていましたら、突然もやもやと目が霞《かす》んで見えなくなってしまいました。痛みも予知らしき感じもなくて、「あ、きたか」くらいの思い。

すぐタオルをしぼって目の上にのせ、眠りました。翌朝、起きると目は見えます。

「これは早く帰らないと」

と、ひとり旅をやめて戻りました。

NHKの福田雅子さんが、阪大の眼科で有名な先生に診察を頼んで下さいました。私は「手術」を覚悟していったのですが。

すみからすみまで、ていねいな調査、診察をなさった先生が、今でもはっきり思い出す気の毒そうなご様子で、こうおっしゃいました。


「気の毒ですが、眼科ではどうすることもできません。どこにも異状はありません」

遠いところ、近い文字、いろいろと目に要る眼鏡はありますが、家の中でも、夜でも黒眼鏡が安らかです。

清らかな水をてのひらにくんで、そこで目をパチパチ洗うのか冷やすのか、それが視力を保つといわれたこともあって朝夕、パチパチしています。体力と視神経《ししんけい》の間柄は微妙なんですね。

私にとっての黒眼鏡はありがたい保護者です。

# ものさし

昔、高麗尺《こまじゃく》なんてきいたことがありますが、尺というか、物の長さや容積を言うのに、定規、ものさしがどうしても要ります。

小学校では、メートルざしを、母の作ってくれた端切れの「さし袋」に入れて大切に持って通いました。

思春期、母が縫物をしているそばにすわって、母の求めてくれた反物で、生まれて初めて羽織を仕立てました。もちろんお裁縫の時間はあったわけですけれど、断片的にしか教えられず、体操の時間と同じようにお裁縫の時間も、からだをいたわって休ませてもらっていました。

その頃、娘のお袖の長さは二尺でした。尺ざしでおへら、その記念の羽織は、もう、しゃれた服に仕立替えていただいています。でもその生地を見ますと、生地に逢って、それを選んでくれた母の好みが、雄弁に伝わってきます。

ところが、二尺のお袖の着物が着られたのも、そう長くはありませんでした。どんどん「非常時」のしめつけがきびしくなる一方で、中年、老年の人と

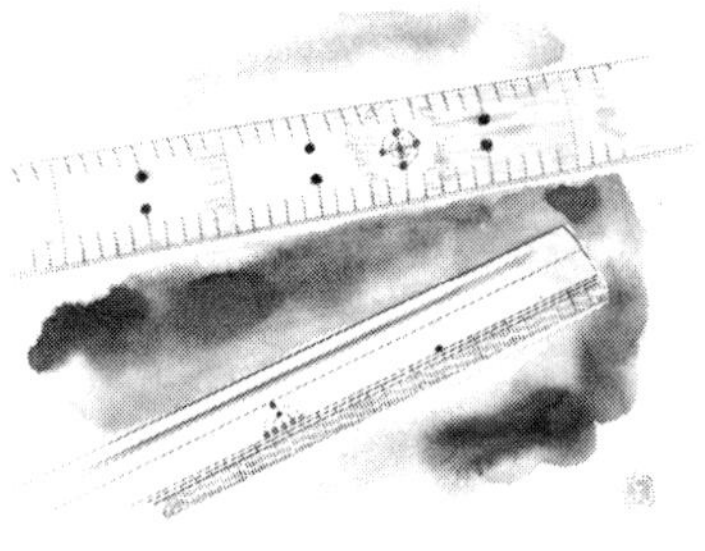

同じように、一尺二寸のお袖になりました。

「あなたのお袖、長いですね」

知らない方でも、市電のなかでそう注意されることもあって、袖の長さに「時代」がはめられていたんですよ。

しまいには筒袖。そして労働スラックス。

いまだに生きている間は、自分の心のままに装いたい……。

（いわゆる綺麗《きれい》に飾るのではなく、心と密着させた形でいたい）

わがまま者ですが、寸法ばかりは、基本中の基本です。

二尺ざしと三〇センチざしとが、今も私を支えています。

人のからだって、生きていますものね。

痩《や》せたり、太ったり、伸びたり、縮んだり。この年になりますと、刻々の寸法が、自分でもわからなくなって、ええっ？ と驚くことがあります。

よく病院で検査をされますが、背丈まで縮んでくるんですね。現在のものさしは、どんなきびしい線をもっているのでしょうか。古いものさしには呼吸しているような雰囲気があって、頬ずりしたくなります。

ものさしが基本寸法にはちがいありませんが、人を視《み》る、社会を視る、他国を視る、他民族を視る、世界を視る……そのものさしには、自分の心によって、多様な変化がみられます。このものさしには、自分の視方が映ります。いわば心の正体。でもそれも成長できますよね。

# 硝子の食器

果物でも、お菓子でも、お料理でも、なんでもきれいに調和する分厚いキリコの硝子《ガラス》器。

「まあ、立派な器ですね。きれいですね」

と、客人によく賞《ほ》められます。

いつか、

「これはどうしたものですか」

と率直にたずねられた青年があって、「これはね」

と、つい忘れかけていた入手時のいきさつを、お話していました。

大阪の本拠も空襲で焼野原になった一九四五年の八月十五日、敗戦を告げるラジオで、

「さあ、これからどないなるのか」

と思ったわけですが、どうなるにしても、とにかく毎日できるだけ食材を手に入れて、両親と神戸からきていた姉と赤ちゃん、大阪天満で焼けだされて家へたどりつかれた友人など、少しずつでも分けあって食べてゆかなくては……。

いわゆるまともな食事でなく、代用食や、あり合わせた野菜のいためもの、お米は決定的に少ないのですから、雑炊《ぞうすい》、お粥《かゆ》などにするのですが、時には

小さなひとくちおむすびにしたり、小さな握りずしにしたりして皆をよろこばせました。

母と私、二人だけの養生生活でしたから、食器は乏しいのです。大阪の家には二十人前といった箱入りの食器があったのを覚えていますが、それどころではありません。

以前なら、そんなところへ、そんな食べものを入れるのかと笑われたでしょうけれども、とにかく在る器を多用に使うほかありません。大小何でも、料理娘の私としましては、思いがけない盛りつけの出逢いを、むしろたのしんだことでした。

ありがたかったのは、庭の木々、道端の草。ほんの一葉をもらってお料理や、器を飾りました。ほんとに貧弱な内容の食べものが、とたんに美しく、ごちそうの風情を備えます。

目がよろこんで、心がうるおうのかな。花が咲くと、食べられる花一輪や花びらのごちそうも飾らせてもらいました。

あるお家の軒下に、もう要らないと思われたらしいお道具や食器が並べてありました。

「ほしい人はどうぞ買って下さい」

ということで、通りかかった私は、この硝子器三個が気に入ったのです。お家の方がたも存じ上げず、蔵本《ぞうほん》を売りに行った帰りに、わけていただきました。

本来どう使う器かも知らないまま、

そんなことでもなければ、とても買えない上等の器でしょう。

それ以来、おそうめんを流したり、いろんな果物を盛り合わせたり。三つ組ですから前菜を入れて並べても便利です。

# 芭蕉布座布団

どんどん緑の木が少なくなってゆくような気がして、沖縄へゆくたびに心重くなるのですが、本島北部に近づくにつれて、

「あ、糸芭蕉《いとばしょう》がある！」

と、うれしい声をあげてしまいます。芭蕉というとバナナを思いますが、立派な実《み》芭蕉だけではなく、すばらしい糸の採れる糸芭蕉林があるんです。

糸芭蕉が目についてきますと、

「喜如嘉《きじょか》かしら、平良《たいら》敏子さんとこが近いかしら」

と、思います。

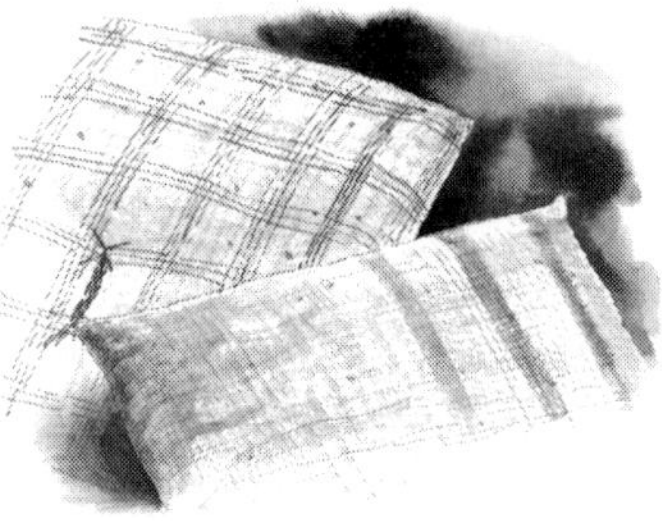

沖縄自生の糸芭蕉林は、戦争のため、ひところはあまり手入れされていなかったのではないでしょうか。しかし、長年、土着の布文化として、活かされ、織られつづけてきた歴史が、人を得て蘇《よみがえ》りつづけます。

喜如嘉の少女だった平良敏子さんは、戦時中、徴用されて倉敷レイヨンで働いていたそうです。あの空襲から空襲、そしてなつかしいふるさと沖縄がすさまじい戦場となった時、沖縄から徴用されて否応なく働かされていた人びとは、どんなに切なくつら

かったでしょうか。真実はほとんどニュースされなかった時代ですから、わからないことばかり。

倉敷レイヨンの大原総一郎社長は、敗戦となっても、すぐにはふるさとへ帰ることのできない人びとに、

「故郷に独特の産物のある人は？」

と、きかれたそうです。大原氏の優しいお人柄と芸術性豊かな気品を、私もよく存じあげています。

可憐《かれん》な平良敏子さんは、

「自分の村は芭蕉布を織っていました」

と、言われたそうです。

「どうぞ、その文化を大切にし、復活して下さい」

と、沖縄文化を愛しておられた大原氏は、さっそく外村《とのむら》吉之介氏に依頼して、敏子さんに織りの基本を訓練。

ようやくふるさとへ帰っても、すべてが以前とちがっていたそうですが、りりしい気性の平良さんは、村の老いた女性たちから芭蕉布創作のすべてを学び、やる気のある人びとと共に、みごとに山原芭蕉布《やんばるばしゃあ》を復原されました。

丈を一定につめて太さを均等に育てられた糸芭蕉の茎から、外側の茎は分厚い糸に、内になるほど細い糸にと何種類もの糸をひいて、貴族から労働者まで、喜んで着る布が生まれます。

糸の繊細なものから分厚い外皮の糸で作った布まで、三十年前に求めさせてもらったのが、今も残っています。

分厚い芭蕉布で作った夏座布団、そしてクッション。わが家の夏の必需品は、芭蕉布で成立しています。

# お箸

幼い時、私はどんなお箸《はし》を使っていたのでしょう。それぞれに「その人の箸」が決められていて、箸箱に納めていたのを思いだしますが、どんなお箸だったのか、お箸そのものを思いだすことができません。

そしてお箸をあやつって食べるようになれたのは、誰の手ほどきだったのかも。毎日、毎日、元気でも病気の時でも、必ずお箸のおせわになって食事してきましたのに。

現在は、もう箸箱を使っていません。家族のいないこともあるでしょうけれど、客人にも助け手にも、その人が「好き」と思われるお箸を使ってほしいのです。

食材によっても、料理によっても、「その時使いたい箸」や「似合う箸」があるでしょう。

とにかく食事のあとは、お箸を洗います。以前は洗わずに箸箱へおさめていたのですから、やはり箸も箸箱も洗わないと不潔になりやすいのではないでしょうか。

それにしても、ずいぶん古い時代から、人はお箸

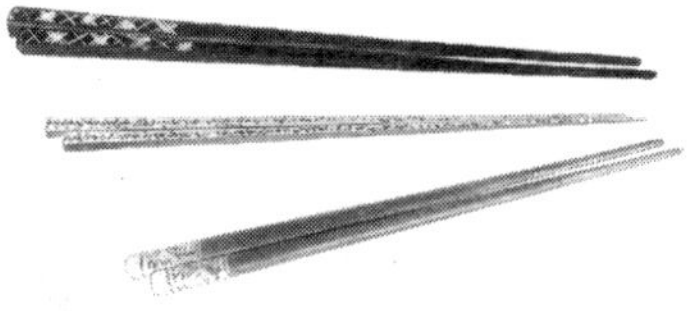

を使ってきたのですね。私は勉強のできなかった病《びょう》臥《が》少女の頃『古事記』にお箸があらわれたのを知りました。

あの神々誕生の神話、そして五穀の起源。天石屋《あめのいわや》戸《ど》事件で天照大御神《あまてらすおおみかみ》から追放された速須佐之男命《はやすさのおのみこと》は出雲国の斐伊《ひい》川の上流「名は鳥髪《とりかみ》といふ地」に降りたとあります。

「此の時、箸其《そ》の河より流れ下りき」

よほどの上流で、せせらぎのような流れだったのでしょうか、そこで目についた箸なんて、ほんの小さな品が須佐之男命に「人間が川上に住んでる」と思わせるんですね。私は須佐之男命も箸を使っていたから、わかったのだと思います。

昨今も出土しつづける昔の生活品のなかに、お箸があるようです。

でも私は、奈良から平安にかけて装飾的な馬頭盤《ばとうばん》に、金銀細工の箸と匙《さじ》とを載せていた貴族文化はなやかの時も、労働庶民は手食をしていたのではないか、繊細な二本の箸だけの食文化が展開してくるのはずっと遅れたのではないかと思えて。

京へきて、市原《いちはら》平兵衛商店の檜箸《ひのきばし》や柳箸、赤杉利休箸、それに胡麻《ごま》竹の細いお箸で、裏を朱塗や黒塗したお箸を知りました。輪島の青や、紅の乾湿《かんしつ》塗り箸、根来《ねごろ》塗、素朴な栗の小枝箸も大好きです。

てのひらにあたたかいお箸を使っています。どんなに美しくても、金属のお箸は冷たくて重い感じがするものですから。

使い心地のよい柳箸が多いかしら。

# 箸置

いつのまに、こんなに少なくなってしまったのかしら……と、自分のしたこと、すっかり忘れているんですね。

大切なお箸《はし》を置く小さな箸の枕かな、あっても無くてもいいようなものですけれど、お膳《ぜん》に小さな花がちりばめられているように、あればやさしい気になります。

もちろん落として割ることもあったでしょうが、客人が「まあ」と喜ばれると、つい「どうぞ」と言いたくなってしまって。


尊敬する陶磁器作家のお作もありました。

窯《かま》のあるお宅で、玩具みたいな造型をしてみた坊やもありました。

「お箸の枕かな、と書いたのよ」

と言った私に、

「ほんと白い枕に仕立てた箸置もありましたよ」

と、助け手の田上さんが教えて下さいます。田上さんは、たいそう箸置が好きで、あの陶器大売出しの清水焼団地祭でも、必ず幾つかの箸置を求められる由。

「いまＮＨＫで流している連続ドラマでね、居ても居なくてもいい男の人のことを『箸置』みたいやと言われていました。しやけど、これまで好きやった箸置、ずっと大事にしてますねん」

毎日使われる箸置のなかで、小さな琵琶《びわ》型がいちばん箸先の納まりがいいといわれます。品のある長屋仕立、また、紙風船のなつかしさに大阪のようび工芸店で求めた器と箸置を思いだしました。

紙風船を三つにたたんだ形の箸置の、白、緑、碧《あお》、朱などの色も絵付《えつけ》も綺麗《きれい》で、裏に「せいか」と名がはいっています。昔、この箸置を求めた時、うれしくて書いた一文を探してみましたら、もう二十五年も前に手に入れたのでした。

下手な写真もついています。まだ五つそろっているのに、今ではたった二つ、それも一つはフチの一部が欠けているのです。この須田菁華《せいか》氏のお作は、指の感触がのこっているような、あたりのやわらかな自然の凹凸がみられます。完全なのはたった一つ。大切にしなくては……。

「いろんな形がありましたよ。お茄子《なす》は茄子色でね。お豆、ひょうたん、蝶々《ちょうちょう》、兎《うさぎ》、梅や桜の花、そうそう、ガラスで氷のように作ったものもありましたね」

あ、思いだした、つぎつぎと言われる箸置を思い出そうとつとめていましたら、私の尊んでいた三日月の箸置が心に浮かびました。この三日月は、少し大きめの気高い色でした。

# 花あかりローソク

焔《ほのお》が揺れる。いのちが揺れる。心が揺れる。

ハンドバッグの中に、「花あかりローソク」を二、三個入れてあるので、町でばったり逢ったなつかしい友人、知人たちと、お茶を飲んだり、お食事をしたりする時、お店に頼んで、あり合わせの器にお水をみたしたものを貸してもらって、芯をたてた花あかりを浮かせます。

京は伝統の宗教本山が多く、昔は小さくても櫨《はぜ》の実をしぼってとった木《もく》ろうとも生《き》ろうともいう原料で作られた和ろうそくでした。

今でも大きな仏教行事には、立派な大ろうそくが何本もともされます。私は、母が和ろうそくを使う時、ときどきピンセットでろうそくの芯を摘んでいたのを覚えています。灯をともしてから時がたつと、芯が焼けて黒くなって、芯かすを摘みとると、また元のように、きれいな焔になりました。

幼い私の心に、焔のいのちがふしぎで、ともに揺れ、またたいていたのです。

でも今では、ほとんどが洋ろうそくになりました。それもいろんな形の電気のろうそくになったのでは

ありませんか。マッチでともさなくてもすみますし、何とろうが流れて火がよばう危険もありませんし、何といっても、火の要心が第一ですから。

もう十二、三年前になるでしょうか、「御香・蠟《ろう》燭《そく》」を商われてきた老舗の芥川《あくたがわ》さんから、奥さまがみえて、持参されたガラスの燭台に水をはって、そこへ直径三センチほどの丸く造られたろうそくを浮かせてみせて下さいました。

「消防局から火の要心を考えてといわれましてね」

と、水に浮かんだ丸いろうそくの芯に火をともされますと、私の好きな焔が揺れて、

「まあ、すてき」

その奥さまはもう亡くなられて、思い出の笑顔。

「この浮きろうそくに、名をつけて下さいな」

とおっしゃって。

「よくまあ、この水の上にまたたく焔をみせてもらったこと」

と、思わず、

「〝花あかり〟というのはいかがですか」

と言ってしまいました。

花の固い蕾《つぼみ》が、咲いてはじめて花びらが明るく見られるように、この「花あかりローソク」は、芯をともすと焔がいのちのように明るくみえますもの。

それ以来、私はともすと二時間くらいはともりつづける花あかりを大切にしています。

もちろん必要な間はよろこび、客人が帰られると消すのです。でも溶けたろうが落着くと、又、明りをともせます。

神前、仏前はもとより、お誕生パーティや記念サービス。小さな人の笑顔も「花あかり」して。

# 遊印

この頃は、すっかり出版のかたちもかわって、昔のように、本の奥付《おくづけ》に「遊印《ゆういん》」を押捺《おうなつ》することはなくなりました。

一九五六年五月一日に初版が刊行された『おむすびの味』、同じ年の八月十五日に『続・おむすびの味』初版と、その頃は「伊都」と刻《ほ》った印が押されています（いずれも創元社刊）。

本が生まれると、おせわになった方がたに献じるのを当然としていますので、その当時の初版本は、私にのこってはいません。つぎつぎとだして下さるたびに、本の冊数だけ印を押さなければならなかったのが、ありがたいやら、しんどいやら。

遊印というのは、自分の姓や名ではなく、好みの文や句を遊戯印としたものだということですが、実用の「実印」「銀行印」「認印」ではなく、雅印の趣きを濃くした自分のゆかり、自分を意味する判を、たくさんの方からいただきました。

今もお元気で、篆刻《てんこく》をされている宗田《むねた》 周郷《しゅうきょう》様は、ごく初期から、何度もお作品を賜っているお方です。「いつ」と刻られたものは、いちばんわかりやすい

い。

わけですが、なかなか、その字のかたちはむつかしい。

「伊」「伊都」「都」、なかには「お」とだけあるのもあって、今、とりだして並べてみますと、いろんな印材、お心のこもった石材や、ご自分でやかれた陶器、時代のしみこんだ木など、さまざまの品があって、休軒《きゅうけん》氏をはじめ、今はお名の思い出せない方がたからいただいた時の喜びが思い出されます。

現代みたいにテレビやパソコンの無かった時代、本は実際に何部印刷されたのか、とにかく、よく読まれました。

昨年、福島の古書店から「長崎市内から出た古本のなかにあったから」と正・続『おむすびの味』が送られてきました。

書店主、大沼洸氏は「見返しの著者肉筆の絵と文が圧巻」と書いて下さっていましたが、これはまったく存じ上げない方の筆でした。だのに「伊都子より」などと、いっぱい手紙みたいな文が書いてあって、びっくり。

大沼様も、私と字がちがいすぎるので、私の書いたものではないことを納得してくださいましたが、いろんなことがあるものですね。

好きな「伊都」印が見当らないので、探し疲れて、はっと気がつきました。私の支持者で、お子さんやお孫さんに伊都子と名をつけられたご報告が多く、私の知ることのできた十余人の「伊都子」さんに、記念として遊印を献じていたのでした。

もう、奥付に遊印を押すことはなく、ほんまに遊んでいます。

# 朱肉

印章の形には、刻《しる》してくださった方がたの思い、風格、理念があらわれています。それだけに、その印面を映す朱肉を大切にします。

ＭＡＤＥ　ＩＮ　ＣＨＩＮＡ

中国各地を旅してこられた方から、おみやげに陶器の器にはいった朱肉をいただいたことがあります。器の底に「中国製造」の文字がはいっていました。蓋に三重塔が描かれていて、中国にも、韓国にもまだ行ったことのない私に、美しい朱の力を与えて、今もなお、みずみずしいのです。

セピアみたいな紫地に、渋い緑色の帆かけ舟が浮いていて、空に雲、海に波。こんな細密な図の焼物で印肉入れが作られているのです。顔を描いたもの、花に仕立てたもの、よほど大きな篆刻《てんこく》印章で、書画の落款《らくかん》を押される方はとくべつ。ふつうは小さい器が多く、七センチ、八センチというところの蓋物でしょうか。

また、陶器や磁器ではなく、木製品もいろいろあります。

印肉の色も、黄の勝ったもの、紅の勝ったもの、

中には青や黒まであるらしくて、三十代の頃には自分の持っている朱肉に、他の肉をまぜて、こねて表面を平らにして使ったこともあります。

お灸に使う艾《もぐさ》や、繊維に松脂《まつやに》やひまし油、白蠟《ろう》をまぜて着色したものと言われますが、朱肉、肉作りのお職方は、さぞ繊細な気をくばられたのでしょうね。

もう、ほとんど雅印を使わなくなってから長くたちます。肉池《にくち》もまったく使わない白いままのは、切手を入れたり、小さな飾り玉を入れたりしていますが、フチに朱肉の名残りのついているのは、どうしようもなくて、置物のように眺めています。

いまは暑いので、朱肉はしっとりうるおっています。煉《ね》り合わすのも、よほど楽なゆるさですが、季節によってカチンカチンになります。印肉をこね合わせ、じっくり煉るのは楽ではありません。力が要ります。根気が要ります。

よく火鉢にかざして表面をやわらかくして印肉のつきを良くしたり、印肉をまぜ合わす小さな木片をぬくめてみたり、時には火箸《ひばし》を火に入れて、灼熱の箸でていねいにこね合わせて新しい肉蘇生《そせい》をはかったりしました。

こんな印肉とのつき合いも、もう終りです。何でもスタンプ。いろんな色のスタンプ。でもやはり、実用印にせめて朱肉をどうぞ。

# 佐渡茶碗

自分だけの思い出に、勝手に「佐渡茶碗」と名づけている藍絵のお茶碗があります。

『芸術新潮』に「鳴滝日記」を連載したのは一九六六年度、その翌年は「何をテーマに書こうか」と考えて、思いついたのが「道」でした。

当時たずねた道は、ふるさとから、高野山《こうやさん》から、恐山《おそれざん》から、もうすっかり変ってしまったことでしょう。でも、「道」テーマの取材がなかったら、敗戦後の大阪や、女人禁制だった高野山道、地獄とされた恐山など、十二回の道歩きをする機会は無かったと思います。

その中で「一度……」と願っていた佐渡へ渡って「佐渡金山の坑道」をたどることができたのです。『無宿人《むしゅくにん》』を著わされた磯部欣三氏のお力にすがって、佐渡を案内していただきました。ご本によって、王朝から中世にかけての数々の流刑者ばかりではなく、江戸幕府は戸籍を離れた浮浪の無宿人たちを島送りにしたことを知りました。

何といっても金《きん》。佐渡金山では深く掘れば掘るほど、水があふれ出たそうです。この水をつるべでく

み上げる排水作業は、一刻も休めないきびしい労働でした。

そこへ水替人足としてこき使われた無宿人。金児《かなこ》が請負って穿子《ほりこ》たちを使っていた時代、坑道の底に落ちたり、珪肺《けいはい》病や気絶《きだ》えで死ぬ者は、どんなに多かったでしょう。

新潟から舟便で両津港につき、バスで相川に着いた私は、以前は鉱山長のお宅であったという宿に連れていただきました。翌日は、宿のお内儀さんのモンペを借り、長靴も借りて山へはいりました。

大きく二つに割れた異様な山「道遊《どうゆう》の割戸《われと》」の近くに観光的に整備された「宗太夫坑」があって、細い木のはしごを幾十となく大の男たちが重荷をかついで昇り降りしたとある説明に、胸が冷たくなりました。

「黄金《こがね》花咲く」佐渡おけさ。

日本海最大の美しい島、海を讃えながら、佐渡の歴史に苦しんだ先人を思います。


佐渡の宿で、朝食に出された分厚い陶器のご飯茶碗が、ざっくな造りながら温かく、てのひらに親しみました。どこの作でしょうか、

「ずっと在るので」

と笑っておられましたが、この藍の模様と、茶碗の底と蓋の裏に描かれている四ッ葉のクローバー文様は、初めて見るしゃれた柄でした。

「どんどん割れますから」

と、たくさん備えられていたこのお茶碗を二個、

「大切にします」

と、わけていただいてきたのです。

# 瓢箪

目が醒《さ》めた時、「空襲で焼けたはずの大阪の家ではないかしら」と、おぼつかなくなってしまった記憶の判断が揺れますのは、床の間から違い棚の方へ移った柱に、このひょうたんをつりさげているからかもしれません。

父の父である祖父が、愛用していたそうです。いつ頃からあるのか存じませんが、いちばん形のととのった茶色の艶《つや》のいい瓢箪《ひょうたん》は、顎《あご》ひげの白く垂れた祖父が、お酒をみたして持ち歩いていたときました。

母と私が浜辺へ療養に移った時、お仏壇のかわりにこの瓢箪をもらってゆき、そのために今ものこっているのではないでしょうか。母はときどき、布でから拭きをしていたように思います。

巨大な瓢箪が蔓に下がっている風景を、テレビでみたことがありますが、あれはどこの風景だったのでしょうか。雌雄同じ木に花咲くそうで、ウリ科の蔓性一年草。アフリカ、アジア、南米など熱帯の原産だそうです。

水入れを作れなかった古代の人びとの何ともすば

らしいくふう。自分の好きな形の瓢箪のなかの果肉をとり去るなんて、よほど成熟して、もう自然に流れ出るまで待つのでしょうか。

中身がすっかりなくなったあと、何度も内を洗ってゆっくり乾かしたんでしょうね。大切なお酒やお水をみたしてそれを飲むのですから、清潔でなければなりませんもの。

そして外は漆《うるし》をかけたり、磨いたりして、持ち運びが楽なように、ていねいな組紐《ひも》で凹《くぼ》んだ部分を巻いてあります。それぞれの人、家のくふうや飾りも、ちょっと凝ったのではないでしょうか。

うちでは祖父と同じように、父もお酒が好きでした。とても機嫌よく飲むのは、家を外にした席のようで、娘の私の思い出には、私たち兄妹の行儀や言葉を叱りながら、それを肴《さかな》に盃《さかずき》を重ねているといったぐあいでした。

店の人たちといっしょに花見や紅葉狩にゆく時とか、ご近所の旦那《だんな》衆と遊山にゆく時など、おもちゃみたいなこの瓢箪を持っていって、最初の盃をあげたようです。

今、久しぶりにお水を入れてみました。小さなふくべにしては、よくはいります。一合枡《ます》で計ってみますと、二合半ありました。ホロッとする酒量で、やはり、風情だけのものですね。

中がよく乾きましたら、今度は少しお酒を入れて、外もお酒で拭いてみます。長い間放っておいたのです。

ご先祖さん、ごめんなさい。

# ぴんく麻上衣

私は、これまでこんなに美しいぴんく色の上衣を着たことがありません。もう、ぴんくの上衣なんて着られる年齢ではありませんのに、八月の終りに、それはそれは美しい麻の上着をいただきました。

思いもかけない、いただきもの。

なんと、この五月に初めて金鍾八《キムジョンパル》氏のお宅でお目にかかれて、うれしさにただ泣いてばかりいた朴《パク》菖熙《チャンヒ》先生ご夫妻からのいただきものです。

京都にお住まいのロゴス塾主宰の金鍾八氏は、不当に苦しめられている人びとを大切に支援しつづけていらっしゃる在日の紳士。

朴先生は、日韓両国の若者から慕われていらっしゃる偉大な学者ですのに、無実の言いがかりで、一九九五年四月に韓国政権に逮捕され、投獄の憂き目に遭われました。

先生は一橋大学、都立大学で歴史学を学ばれ、上《うえ》原専禄《はらせんろく》教授と親しくされていました。日本人が強制的に朝鮮半島を併合し、朝鮮民族を植民地支配にどんなに痛めつけてきたことか、それをはっきり言える姿勢を、日本人の上原先生が示された感動が、そ

れ以後の朴先生を貫いています。

金氏は獄中の朴先生に、つたない私の本をさし入れて下さり、そのおかげですばらしいお人柄の先生を存じ上げるようになれたのです。金大中氏が大統領になられてまもなく出獄された朴先生が、その一年後やっと渡日されたので、金鍾八氏のお宅でお目にかかれたのでした。

立派な朴先生、気高く美しい裵卿娥《ペキョンア》夫人。ご夫妻は金氏とごいっしょに、うちへも来て下さいました。

そのご夫人も何でもよくこなされるお方だそうですが、そのお姉様が、韓国でご自分で縫って送ってみえたという、ぴんくの麻上衣。まことに丹念なお仕立です。

「こんなきれいなぴんく。着られるかしら」

と心配しながら、あつかましく袖を通しました。色の白い方ならいいのですが、黒い私。でも、すぐに着ないと、麻を着られる季節はすぐ終ってしまいますもの。さっそく病院の採血・エコーに着ていったのでした。

待ち合わせで、すわっていますと、見知らぬ方が背の方から、

「いい色ですね。いい麻ですね」

と、さわって下さいます。

「昨日いただいたとこなんですよ」

と、喜んで話しました。

それからもつづく長い長い暑さ。まだ今でも客人に着てみせられる猛暑終らぬぴんくの美しさ。この暑さに、健康ダウンしてノビていますが、ぴんくの精を部屋にかけています。

# のれん・鈴

鈴には、いろんな音色《ねいろ》があります。

その鈴を、道ばたで売っていらっしゃるのをみつけて、久しぶりに求めたのは、敗戦後数年は経っていた頃でしょうか。

小さく、可憐《かれん》に、リンと鳴る鈴を、私は乏しい家のいろんなところにつけました。何かをいただいた時、懐紙がわりに一個を包んで感謝したこともあります。

昔はすべてが不自由でした。現在みたいに物も布もあふれている時代になるなんて、想像もできずに亡くなってしまわれた戦中、戦後の人びとに、なんだか申しわけなくて。

けれど災害はいつ起こるかわかりません。台湾大地震、台風十八号、竜巻や、高潮で、このところもつらい状況がつづいています。

うちへいらして下さった方をお通しする狭い応接室の入口に、まだ夏物の、のれんがかかっていました。そののれんの一幅の両端に一個ずつ、計四個の鈴をつけていました。

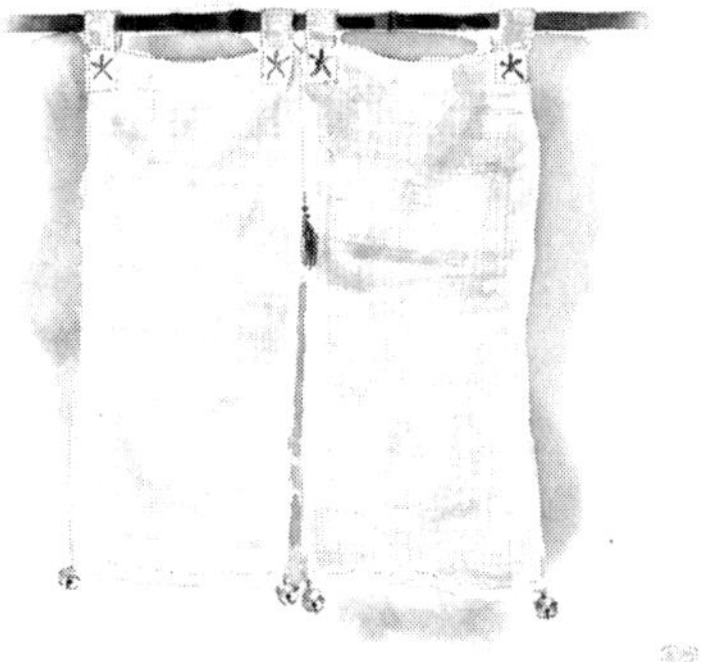

この鈴はあまり小さいものではなく、人がそこを

通ると、チリリンと鳴るのです。面白いですね、その気配が家をたのしく感じさせます。

いつかいらして、この鈴の音をきかれたことがあったのでしょうか、寿岳章子《じゅがくあきこ》さんが、「鈴つけたのれんのこと書いてね」と言って下さり、中村洋子さんも「これ描こう」って。

私が独立してはじめて電話をひいた時、家中にあと百円しかのこらない心細さにおびえつつも、身内の人びととも電話連絡のとれるうれしさ、安心感に、黒い受話器の「ハイハイ」と取りあげる手のところに紅白の細いリボンをつけ、鈴をつけたのでした。

「ハイハイ」

と出ると、

「あら何かチリンと言ったよ」

なんて……もう、覚えていらっしゃる方はないでしょうが。うちはまだ古い電話機ですが、もう鈴はつけていません。

お正月に紅白水引《みずひき》を巻いたりして、結構いつまでも子供心で遊んでいます。

もう夏のれんを片づけて、秋冬のれんに替えなくてはなりませんが、分厚いのれんには鈴は無理。また、はぎれの箱をあけて洋服や和服の裏地でやわらかな質の美しい色を選んで、四十年前に造ったような「紐のれん」を作ってみましょうか。もうはぎれも少なくなって。

幅一、二センチ、縦三十センチぐらいになる紐が六、七十本作れたら、細い竹に縫いつけて振ってみます。ちょっとした風にも揺れます。こののれんをくぐると、よく鈴が鳴るので、好きな音色の大小を選びたいものです。

# 風鈴

すっかり秋になりました。

空ゆく雲の造型の豊かさ、その雲の中をとぶ飛行機の窓から、

「この雲は地上から見あげたら、どんな姿してるかな」

なんて、ふと思って。雲は自分でもわからない湿気や暖気や冷気や風に、つぎつぎと姿をかえて流れてゆきます。

秋らしい風に、初夏からずっと、軒端に吊《つ》るしていた風鈴が鳴っていました。

チリチリ、とか、カラカラ、とか、中にはもう長く使いすぎたのか、私のようにしゃがれ声になってしまって、自然の風にも沈黙しています。

「どんな音だったかな」

と思って、とりはずして自分の耳もとで振ってみましたけれど、もう、音らしい音は出ないのです。気の毒に、せっかくの秋なのに。毎年、毎年、つけては、とりはずし、又、吊るすといった繰り返し。酷使もいいとこでしたか。

金属で作られた南部《なんぶ》風鈴。同じ金属でも、まるで

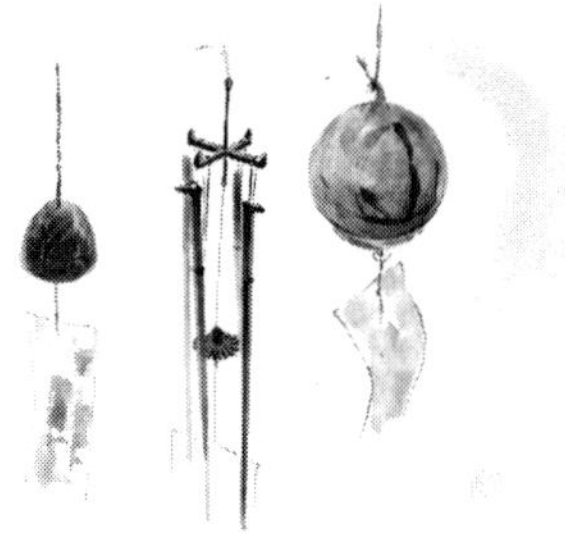

お箸のように吊り下げられている姫路の明珍《みょうちん》風鈴、火鉢や、火鉢で使う金属箸を作っておられた方が、何かの拍子で箸同士がぶつかった時、美しい音色をひびかせるのを知って、作られた風鈴のようです。いただいた時はめずらしいので、枕元のタオル掛けに吊って、ときどき揺らせていましたが、もうずっと階下の廊下の簾《すだれ》にかけていました。

ガラスの風鈴でも色をつけたのやら、厚いのやら、薄いのやら。風を受けてひるがえるための細長い紙、短冊様《よう》といいたいけれど、短冊よりはずっと小さな紙に、それこそ、七夕笹に書くようにさまざまな願《ね》ぎごとや、詩のような章句を書いたりした時期もありました。

台風やといわれると、まず軒の風鈴をしまいます。つぎつぎと沖縄から列島各地をなぎたおして、北海道の彼方へ脱けてしまうまで、台風十八号の通り路には知人、友人いっぱい。何とかご無事で……と祈るばかりでした。

もちろん、十八号を予想して、家中の風鈴ははずしました。軒簾《のきすだれ》をもとりはずさねばならないか……ときりきりまで案じていましたが、京都は、豪雨からも強風からもまぬがれて、ほっといたしましたね。あれは何十年前の何台風でしたか。私が茨木に住んでいました時、二階のガラスが頬先《ほほさき》で割れて、家中に風が吹きぬけたことを思いだしました。

リーン、リーン。

幼い頃から仲よしの風鈴。今年も終《しま》います。

# クバ椰子の笠

外が明かるく陽が輝いていますと、日傘をさして歩きます。変りやすい天気予報の日は、晴雨兼用のパラソルを持ちます。もう今では、ほとんど出かけることもありませんが、二十四、五年前、頬《ほお》が紅《べに》紫《むらさき》に染み、皮膚科の先生に診《み》ていただいたら、

「紫外線負けだから直射日光を避けなさい」

と教えられました。

沖縄でもらってきたクバ笠が、勝手口の壁に掛かっています。一九七二年五月十五日が「復帰」となりましたが、それまでの沖縄では何度か復帰行進について歩きました。でも思うことは、

「あんなにひどい日本に、復帰していいのかな。この美しい沖縄は、琉球共和国として独立され、尊い自由貿易国となられるといいのに……」

正直、日本、大和《やまと》政府のためにあやつられ日米戦争に苦しめられた沖縄です。

私は疑問符を抱きながらも、教職員をはじめ住民の皆さんが歩かれる後に従って歩きました。米軍支配の時代です。

名護の琉球新報支局の壁に吊されていた黒く汚れ

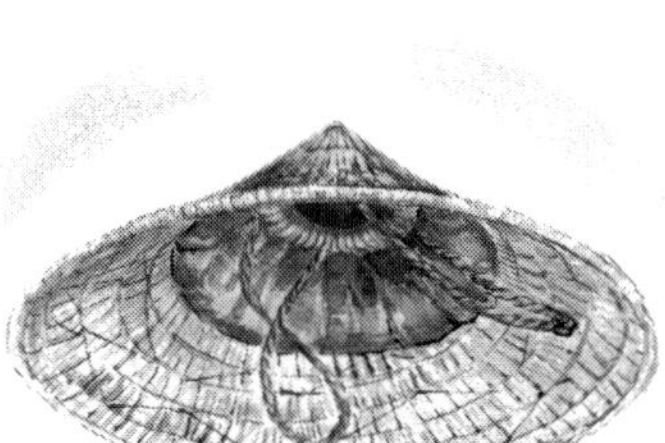

たクバ笠を見て、洗ってもらうと糸がばらばらになっていました。葉もボロボロ。クバ椰子《やし》は神木です。大きな扇のような葉一枚をうちわにして売っています。その葉で笠が仕立てられて、労働に使われ、おみやげ用に売られていました。

「そんなボロボロ……」

といわれても、古くまっ黒くなったボロ笠だからこそ、いただかずにはいられませんでした。美しい紅緒のむんじゅる笠は、舞踊に使われますが、実際に被ってゆけるのは、クバ笠。

大事にもらって、沖縄への思いを頭にのせて、各地への取材にかむってゆきました。

糸を足してとじつけて、頭の裏布に住所と名前を書き入れ、

「どうぞ左記へお届け下さいませ」

と書き添えています。住所は、前の住まいです。どこへ忘れても帰ってきてほしい笠。

当時は着物での取材です。編集者、カメラマンに守られながらの旅でした。めったに人を写されない薗部《そのべ》澄《きよし》氏が、岩手県遠野《とおの》の草原で、このクバ笠をかぶっている私を撮って下さった一枚を、『おりおりの心・理想への振子《ふりこ》』（一九七〇年三月刊・大和《だいわ》書房）の扉に入れていただきました。

ちょうど本ができてきた時、沖縄からみえた学者に本を献じましたら、

「このクバ笠、逆さまだよ」

と教えられました。

葉っぱの茎を後にしてかぶらなければいけないのに、茎が前へ来ていたんです。

# 櫛

「お化粧なんかせんでもいいから、髪はととのえなさいよ」

母は思春期の私に、よくそう言って「身だしなみ」を教えました。

母自身がそう育ってきたからでしょう。何よりも「女のいのち」といわれた黒髪を清潔に、まっすぐに長くのばして、それをくるくる頭の上で櫛《くし》巻のようにする私を、いとしんでいました。

その当時はまだ「髪結《かみゆ》いさん」がときどき来て、母の丸髷《まるまげ》、姉の桃割《ももわれ》を結っていました。でも、江戸時代の男女の結髪風俗をみますと、

「よくもまあ、このような複雑な結髪が、日常ごととして続いてきたものだ、どんなにご苦労が多かったことか」

と、驚きます。

今の男女の髪風俗の自由なこと。年齢も性別もあまり考えないで、したいようにできます。男っぽい髪の女性もありますし、女よりも女っぽい花火髪《はなびがみ》の男性もあります。いいですね。

もうほとんど使わないのですが、ハンドバッグに

はやはり小さな櫛を用意しています。へんな言い方ですが、前髪の乱れを心の方向に乱れさせるための櫛かな。

入院した時も、家にある櫛を持っていって、朝ちょっと撫《な》でつけて、「お行儀がいいこと」と、看護婦さんに笑われました。ほかに何の取り得もないので、ふつうに寝て、本を読んだり、思うことを書いたりしているだけなんです。

昔は、母の喜ぶように真っすぐにのばした髪で、姉がパーマネントをあてましたあとも、長いことそのままでした。あのパーマネント機械のなかへ入るのが、こわかったんです。

母は存命中、私を鏡の前にすわらせて、長い髪をよく結ってくれました。自分のつばをつけたりしながら、髪に櫛の筋目《すじめ》をつけるのがうれしそうでした。

あれは、いつ頃でしたか、忘れてしまいましたけれど、母がにこにこと髪をといてくれている顔を、鏡のなかで見ていますと、突然ポキンとその櫛が折れてしまいました。あの時の母の表情。櫛は女の神さまとまで、あがめて大切にしていた母、その櫛が折れたとたん、

「この子、大丈夫やろか」

と心配になったのでしょう。櫛は「奇《く》し」。櫛占《くしうらな》いもあったそうですから。

この頃では櫛よりもブラシが必需品ですとか。でも、台湾大地震や大火のあとで、

「何がいちばんほしいのですか」

とたずねた時、

「櫛がほしい」

と言った人がありました。

正直、櫛よりも髪がほしい……今の私です。

# 白鳥の帯留

初飛来は、昨年より四日ほど早いそうですが、この間、琵琶湖のヨシの茂る遠浅湿地帯《とおあさしっちたい》に、コハクチョウが到着したというニュースが、写真とともに新聞にのっていました。

さっそく、そのカラー写真のそばへ、長い間いとしんできた象牙《ぞうげ》造りの白鳥の帯留を並べてみました。そっくり、そっくり、そっくり。

目のすぐ下のかば色のところ、嘴《くちばし》の感じも、そっくりそのままです。

毎年、シベリアから飛んできて、また春先には北へ飛び帰ってしまう白鳥……。

コハクチョウは二メートル近くもある羽を広げたり、藻《も》をついばむなど、長旅の疲れをいやすように、真っ白な体を、波間に漂わせているとあります。

ほんとに、ほんとに、長い空の旅。自らの羽で空のぐあい、風ぐあい、気温を感じて飛んで往来するそのエネルギーと、全身の感覚を思いますと、感動せずにはいられません。

「白」の好きな私。「白鳥」の夢をもつ私は、四十余年も昔、あるいはもっと昔だったかもしれません、

象牙（裏に光之と小さく刻まれた）の帯留を求めました。細い帯紐《おびひも》を通すように造られていて、手当りも良く、着物、帯を、ぴたっとひきしめる帯留でした。

幾たび使わせてもらったかわかりませんが、すっかり象牙が白くなくなってしまいました。帯締めの紐も、はじめは鮮やかな紅紐を通したと思うのですが、どんどん色も組みかたも変って、今では銀の細紐になっています。

やはり白鳥のからだ部分がもっと白くないと銀がひきたちません。でも、古い手なれの象牙らしく、黄ばんでもつやつや光っていて、

「よう長いこといっしょについてきてくれはったなあ」

と言いたくなります。

降りたつ湖や池は、その白鳥のなにかの縁で親しんできた場所なのでしょう。時には海辺近くに降りるときききます。ガンカモ科。

心待ちしていた鳥たちが、ほぼ無事に降り立ってくれると、それが小さな雀であっても、ほっとします。もう赤ちゃん雀もだいぶん大きくなりまして、ご近所をどの家どの庭のへだてもなく飛び交っています。

湖北町へ冬を過しにやってきたコハクチョウは、毎年二百羽以上になるそうですが、いいですね、仲間二百羽、仲よく、楽しく、安全に、波と遊んでほしいものです。

うちの白鳥帯留にはお詫《わ》びするばかり。どなたか着物暮しに馴れていらっしゃる方に、さし上げたらいいのですが、それが淋《さび》しくて。

# 白いおざぶ

今は昔。北白川西瀬の内町に住んでいた頃です。突然、初めての女性が来られました。

関東の女性ですが、染織に関心が深くて、学校をやめ、親御さんの反対を押し切って京都へこられたのだそうです。

有名な辻《つじ》ケ《が》花染《はなぞめ》のお師匠さんのところへ住みこみ、むつかしい辻ケ花のご勉強、基礎からの訓練をされているそうで、積極的な明るい女性でした。

絵の素養が要ります。一枚のきものにどういう絵を描くのか、ところどころに絞りも散らして、ぜいたくに刺繍《ししゅう》や摺箔《すりはく》をつかったものもあり、辻ケ花染めの展覧会へゆくと、思わず「あ」と立ちどまってしまう作品が並んでいました。

絵の好きだった矢島さんは、東京での辻ケ花染展覧会を観られたらしく、

「早く結婚して幸せな一対生活にはいってほしい」と願っておられたご両親の希望を無視して、まったく知人の無い京で、修業の道にはいられたのでした。

それから三十有余年。

困難、と思うといっそう努力なさる方のようで、

当時は娘時代からのきものを着ていた私に、辻ヶ花染への関心を確かめておきたく思われたのでしょう。恥かしいことに、私は娘の頃からの古い衣裳をずっと着つづけていますだけで、何にも知らない、辻ヶ花染を一枚も持たない生活でした。

　私の著書を何冊か読まれている方で、いわば私の心を諒としていらした方、それからのご修業、どんなにつらくやり切れないことがあったかわかりませんが、いつも、にこにこと、

「こんな裂れ、染めたの」

って、新しいご自分をみせて下さいました。

　小さなふろしき、大きなふろしき、絽《ろ》縮緬《ちりめん》、季節の柄、はじめて、

「この座布団にすわって原稿を書いて下さい」

と、地色の紅の作品をふっくら綿を入れたお座布団に仕立てて下さった時、そのおざぶに頬ずりして感謝しました。

　何年も何年もしいて、結局、薄くすり切れてきたので「こんなになったの」とみせたところ、「ここまで使う人はいない」と、美しく仕立て直し、さらにこの白縮緬に縫絞《ぬいしぼ》りの花、手描きの葉を描いたおざぶをくださいました。

　着物、帯、服……作品展のたびに好評をはくして、

「さあ、もう大丈夫」

と喜んでいたのに、数年前、

「いくら電話しても美佐子が出てこない」

と、関東のお宅からうちへお電話。おひとり住まいで亡くなっていらっしゃいました。

「一度お医者さんに診てもらって」

と頼んでいたのですが。高血圧だったそうです。

# 『銃口』のこころ

敬愛する三浦綾子さんのお加減が悪くなられたニュースに、綾子さんが、わが家へ来て下さった時の思い出を繰りかえして思いつづけていました（「応接室のライト」）。

一九九九年十月十二日、とうとうご昇天とのこと。そのテレビ報道が流れますと同時に、神戸市北区に住む八つ年上の姉が、電話をかけてきてくれました。

「三浦さんが亡くなられたね。どんなに淋しいかと思って……」

私の心を知る姉なればこその声でした。

たくさんのご本をいただいています。もう視力が乏しくなって、とても再読させてもらうことはできないのですけれども、いただいた本の扉には、お心のこもったサインがあって、いつも、私の体調を案じていて下さるお言葉が書かれています。

お互いに、戦争中の教育で、軍国主義「名誉の戦死」肯定の娘となり、私は婚約者の非戦思想を理解せずに彼を戦死させ、三浦さんは小学校の先生となって子どもたちに皇民教育をされたのでした。

そのとりかえしのつかない痛恨の歴史を共有した

涙こそ、綾子先生が私に心をひらいて下さったきっかけでした。

すばらしい夫君、光世さまは、まだ結婚しない前から綾子さんの病床を見舞うたびに「あなたはいつか、大きな仕事をする人です」と希望をもたらす言葉を言いつづけられたと、綾子先生が語られています。

真実のキリスト信仰、ともに祈り、ともに聖書を読み、尊敬と愛に結ばれていらっしゃる三浦ご夫妻に迎えられて、十年前、旭川へうかがったことがありました。その七月四日朝の新聞に「琵琶湖北湖に小アユ二百万匹死んで浮遊している」記事がのっていました。

夕方旭川に到着して、三浦さんに、切りぬいてきた記事を見せました。琵琶湖の水で生かされている京都市民が、どうかならないか……、心配して下さる重い静かなお言葉に私はうたれました。二日後、京都へ帰ったら、死んだアユは四百万匹だったこと、原因はアユの間だけの伝染病で、人間は大丈夫という記事が夕刊にのっていました。

今も想像もできない現実がつぎつぎと起こりつづけて、真相はさっぱりわかりません。

御著『銃口』上下を並べて灯をともし、お二方の讃美歌をしのびました。綾子先生の市民葬で、光世先生が「赤とんぼ」を歌われたという記事を、苫小《とまこ》牧《まい》の金田隆一先生が送って下さり「戦時下のキリスト教徒弾圧」を綾子先生に書いてほしかったといわれていました。

まこと、残念です。

# 鋏

鋏《はさみ》を、ということで取りだしてきた鋏があんまり少ないので、われながら「なんでやろ」って。そんなはずがないんです。

小学生時代から今日まで、どんなにいろいろの大きさ、風情、さまざまな鋏を使わせてもらってきたことでしょう。鋏がなかったらどうもできませんのに。

だしてきた鋏、大きいのは裁鋏《たち》というのでしょうか。布を目的に合わせて裁断します。好きな反物を着物に、羽織にする時も、それをほどいて家用の服にする時も、また、夜具に替える時も、大きな裁鋏がのびのびと切ってくれました。古い古い鋏なので、ときどき研いでもらったら、そのたびに「ええ鋏でんな」と賞《ほ》められて、大よろこび。

でも、どんなに大きな布でも、縫ったあとは糸切り鋏が要ります。又、ほどき物にも糸を切ってゆく、この糸を切るのには、洋鋏より、むしろ和鋏のほうが便利ですね。

和鋏にも大きいのから小さい小さいのまであって、洋鋏ですとちょっとカサ張りますけれど、和鋏の小

さいのを一つ、ハンドバッグに入れておくと、ほどけてきたところや、気になる余分の繊維を軽く切ることができて簡単ですが。

そこへ娘時分、挿花を習いに行った時から、花鋏が一つの武器になりました。大きな花、ささやかな草、何を活けるにも花鋏が要ります。木《ぼく》や枝も、切れ味のいい花鋏でたのしみたいもの。

「切れもんは、人さんにあげたらあきまへんで」

と言われた言葉をきいたことがありますけれど、堺の庖丁《ほうちょう》問屋、鋏問屋をみせてもらっていた時、何度、

「この美しい鋏をあげたいな」

と思ったか、わかりません。

お花を初めて習うお方にも、改めて献じたくなるご結婚の方にも、うちのようにもう黒くはなっていても、一生もんですから、良い品を選んで。

私が毎日机上で手にする二十センチ足らずの洋鋏は、多くの来信の封を切り、また、新聞その他からの大切な記事を切り抜くために、離せないものです。

めったに私たち子どもに口を利かなかった父が、いつか、鋏を使っている少女の私に、ていねいな口調で申しました。

「あのな、鋏を人さんに渡す時は、自分が刃のほうをもって、相手が安心して手、柄《え》のところを持ちはるように気をつけるのやで」

こわかった父の優しさにふれて、うれしかった思い出の一つです。

# 電気の笠

ずっとずっと昔から、こうした視角で天井の電気の笠を見上げてきたと思いますのに、やはり若い時は、今のような目で、この角度に下がっている電気の笠を見ていないんですね。そんな記憶が零なんです。

ずうっと病気で安静にするしかなかった少女の頃から、和室にも低く作ったベッドを置いて、ベッドが拠点であるかのように本を読んだり、ノートに感想を走らせたりしていました。

きっと、枕もとのスタンドに灯《ひ》をともして、その灯を頼りにしてきたのでしょう。もう目が弱くなって視力が衰えている私は、ぼやっと天井を眺め、電気の笠がすこしの風にも揺れているのを、しみじみ見上げています。

いったい何年、いっしょに暮してきたのやろ。

木の骨で六角に仕上げた和風電気笠。和紙《わし》で張った笠に、部屋の広さによってワットのちがう電球をつけて、灯《あか》りがないと、何もできない夜をたのしませてもらって。

「せん」やら「とち」やら、「けやき」やら、私に

は木目《もくめ》も色目《いろめ》も肌あたりもわからないまま、この木の電気笠が気に入っていました。

何度も同じこと申していますが、宿替ばかりの人生で家に必需の電気笠です。借家にも洋風の照明がついている部屋があり、小部屋二つしかない家を建てたこともあり、電気笠の必要度も流転しました。

ただ、気に入っているモノがありますと、次に必要になった時には、また同じ品を求めてきました。土地は異っても、同じ好みの品を商っておられるお店は、わかるもの。

京都へきて初めて住んだ嵯峨《さが》でも、次に暮した北白川でも、すこしずつ数がふえて、木の骨に和紙を張った電気笠は、この形ばかりでなく少し変った小ぶりの笠や、廊下用の四角い骨の細長い品など、同じ感覚の木の骨、和紙張りの笠で、いっしょになりました。

和紙というやわらかい紙は、各地で手漉《てす》きで作られていますが、昔からお親しい吉野紙の製造元が、ご一家が作りつづけておられる和紙を、下さいます。ご恩ありがたく、破れた部分を部分訂正したり、木の骨を洗って乾かし、新しい和紙で清いお顔を張ったりします。

北白川から現在の家に移りました時、前の電気笠がそのまま使えました。たった一つ、廊下用のが「も一つあれば」と、また、同じ品を求めてつけました。

その廊下用の一つだけが、いちばん新しい品、それさえもう二十四年たった、年の暮です。

# 少女期原稿の表紙

煙の都といわれた大阪の都心に生まれ育った私は、結核になって女学校も休学、転地や入院の療養をつづけましたが、その間、心に浮んでくる断章を、原稿用紙に書きつけていました。

とにかくどんな原稿用紙でも手にさえ入ればありがたくて、色の変わった古い用紙を大切に保って、防空壕に入るのにも、持ってはいったことがあります。

短い感想文が、ものの四、五十枚もたまりますと、千代紙や和紙で張った表紙の中に、とじました。今はその中の二百枚余が『紅しぼり』(創元社)という書名の少女期作品集となっていますが、あの戦争が終った時には、千五百枚ほどの原稿がたまっていました。転地を続けていたので、この少女期の原稿が大阪空襲からのがれて、のこったんですね。

もっとたくさんのとじ表紙があったと思います。「うつしみ」「さまよい」「泪《なみだ》」「慟哭《どうこく》」なんて、感傷過多のタイトルをつけて。現在手もとにありますのは五つ。「夢の中」だの「やまひ」だの「天上恋慕《てんじょうれんぼ》」だの。

病気と戦争に苦しんでいた思春・青春の断想をとじていた表紙です。死の覚悟ばっかり。

秋らしい紅葉と流れの千代紙の表紙には、タイトルのかわりに、

「七草の匂ひみだれてさびしけれど、こころいや澄む秋となりたり」

と、筆で走り書きしています。

「天上恋慕」表紙の内側には、

「肩に揺るる濃き紫の絹ありて、紅葉に透ける天守《てんしゅ》ま白き」

ですって。

これは十九歳の時、姉の夫が召集されて征《い》った姫路の連隊へ、姉の面会につきそっていった時お城へ昇ったのでした。濃紫のちりめんをショールがわりに首に巻いていたので、こんなたどたどしいことを書いています。

四《よ》つ橋《ばし》の文楽座《ぶんらくざ》へ、父や母はよく連れていってくれました。その『伊賀越道中雙六《いがごえどうちゅうすごろく》』の「沼津《ぬまづ》の段」で、年寄ながら肩に荷をかけて道中の人の供をする平作と、その旅人として父や妹にめぐり逢った子息の十兵衛、平作の娘であり、十兵衛の妹に当たる、およねの、義理人情物語。そのおよねという名が、うちの母と同じだったもので、「およね、およね」と声がきこえるような気がして「沼津の段」の文楽舞台の木版を表紙に張ったのが一つ残っています。

父は素人義太夫に凝っていましたので、「沼津」の稽古の時、「およね、およね」と言うのを、何だかテレくさく聞いていました。

古い古いボロけた原稿とじの表紙に、やはり私自身の思いが重なっているようです。

# 硯

お年賀状を書く時期になりました。お身内を亡くされた方がたから「年賀欠礼」のご挨拶が届きます。ほんとにさびしいご越年の方がたのお心です。

私は、そういうことではなく、自分の体力視力の欠乏で、年賀を欠礼しています。

まあいわば毎日が新年で、毎日が大晦日ということでしょうか。

この硯《すずり》は、母が下関生まれなので、めったに旅できなかった母が、赤間関《あかまがせき》で求めてくれたもの。裏に「伊都子」、そして赤間関玉池軒製と刻んであります。原材は何石《なにいし》か、面白い自然縞で青めいた筋があります。

小学校で、はじめてお習字がはじまった時、大きな硯にたっぷり水を入れて墨を濃く擦《す》って、大きな字を書くところからはじまったのでしたが。一年生の時、けんめいに書いていて、ふとうしろをみますと、岩崎初枝先生といわれた担任の先生が、気持ちよく笑っていらっしゃるのでした。

まだ大きな下手な字しか書けない子に、両親は年賀状の宛《あて》書をさせました。

「下手でもええ。そんでも、心こめて書くんやで」

小学校三年生になった時、受けもちになられた男性の先生が、書道の大家でいらしたようです。威張られない優しい谷坂先生が、お習字の時、何度も何度も、墨の擦りかたを教えられました。

硯をいためたらあかん。墨をゆがめんように硯の面を凹ませんように、ていねいに硯をみがくつもりで墨を上下するのや。濃い色にしょうと思って、力を入れてごしごし擦りなや。

いい墨、いい硯、いい姿勢、水すらすらと硯の面を流れているうちに、薄い墨色になる。自分の手に合うた墨色になったら、それでええ。筆をいためんように、お手本の中の好きな字を書いたらええ。

先生に教えられた硯と墨と水、そして好きな墨色を得るまでの心得は、それからずっと、書の心得というよりは、人生の心得といった染み方で、私の心から離れません。

つぎつぎと硯を求め、筆を求め、筆の穂先に作り手の繊細な穂選びを見て、一生の内、どれほどのおせわになったかわかりません。

先生は、

「お手本の真似をしたらあかん」

と、よくおっしゃっていました。先生ご自身、お手本そっくりの書を書いていらっしゃいましたが、それは子の幼い目にそう見えただけのことでしょうか。

お手本に学んで、自立するのが書の道かと。

# お香

京へくるまでは、お仏壇でお線香はあげても、煉《ねり》香など香道のたしなみを存じませんでした。

お茶のお稽古もできないままの、病気と戦争に過ぎた娘時代でした。京へきて「薫《くん》香」の取材に松栄《しょうえい》堂《どう》さんを訪れた二十五年前、一七〇五年（宝永二年）の創業以来、代々のご主人が時代の変化の中、熱心に取り組んでこられたお香の歴史の一端を、のぞかせてもらいました。

『日本書紀』推古天皇三年（五九五年）の夏四月《うづき》の条に、

「沈水《ぢむ》、淡路嶋に漂着《よ》れり。その大きさ一囲《ひといだき》。嶋人、沈水といふことを知らずして、薪に交《か》てて竈《かまど》に焼く。其《そ》の烟気《けぶり》、遠く薫る。則《すなわ》ち異《け》なりとして献《たてまつ》る」

とあります。

正倉院御物のなかに、名木中の名木と伝えられる「蘭奢待《らんじゃたい》」があるそうですが、これは誰も香りを聞いたことがない。

お香は、その匂いをかぐことを「聞く」って言うんです。私は鼻が利かないので、余り「聞く」ことができません。

立派なお茶人さんたちは、多くの流儀をもつ香道を学んで、日常のなかにも、自然に恵まれた香木の余韻をたのしんでいらっしゃるのでしょうね。私は大きな香木の置かれた応接室で、王朝の風俗を密接に支えてきたお香の丁字（アフリカ）、肉桂（中国・ジャワ・ベトナム）、甘松・龍脳・安息・沈香などの見本瓶をみせていただきましたが、外へ出て帰りのタクシーに乗ったとたん、運転手さんが、

「ええ匂いでんな、心のきれいになるような匂いでんな」

と、びっくりされました。私は何も判らないのに、きものに香が移っていたのでしょう。この頃では（もちろん昔からも）精神的治療に使われているそうです。

心を落ちつける薬効があり、「心のきれいになるような」という運転手さんの実感が、人の神経を安らげるのでしょうか。

「門徒の方は、せっかく線状にお香が仕立てられているのに、それを折って火にくすべてしまわれる」

と、教えてもらって、自分の幼い頃からの仏事用のお線香と、いわゆる白檀や伽羅《きゃら》といったデリケートなお香木も、お線香と同じように扱ってきたことを知りました。

ときどき、「香十徳《こうじっとく》」を尊びなつかしんで、いろんな銘のお香をたかせてもらいます。

ずいぶんいろんな方がたが、珍らしいお香を下さいました。外国の男性や、闘士としてきこえた男性からも、それぞれ独自のくふうに創られたお店の細い香の箱をいただいたことがあります。

客人用によりも仕事中の自分のために、感謝して少しを。

# 爪切り

爪《つめ》を切る時は、緊張します。いい加減な気持では、切れません。いつ頃から自分で自分の手足の爪を切るようになれたのでしょう。

　転地療養で、高師浜病院に一人入院していた時、自分で爪を切っていたら、隣室に入院しておられた青年のお母様がのぞいて下さって、励まして下さったのを覚えています。

　その青年は堺のかた。すごく賢い、いい人柄のお方でしたが、私とは比較にならない重症で、ずっと寝たきりでした。

　否でも応でもなく、自分で自分の手を見つめなくてはならないのは、文字を書く時です。うわァ爪伸びてきたなと思ってからでも、なかなか鋏《はさみ》をもてませんでした。

　爪切りを与えられてからは、鋏よりも楽ですけれど、それでも、緊張します。

　手の爪も、足の爪も、いのちある間は伸びます。元気に伸びてきてくれて、ありがとうと思いながら形をととのえるわけで。

「冬は爪も乾燥しがちで割れやすくなる」

と、新聞に出ていましたね。このところ湿度四〇％。私は扁平《へんぺい》な形の爪でいつもキリキリのところで切ってきました。

不細工な形の手にふさわしい爪で、若い頃はどうでしたか、今では甘皮もありません。着物を着ていても、手、指のおしゃれはしませんでした。

昔、はじめてまいった高野山《こうやさん》で、雨の中高下駄《たかげた》をはいて、ずいぶん広い山中をあちこち歩かせてもらいましたら、何だか、足が痛んできて。足袋《たび》を脱いでみますと、足の爪がすっかり歪《ゆが》んでいました。

それまで、高下駄でまともに歩いていなかったんですね。雨の中を着物で歩くと、町中《まちなか》での足もとと、お山、山肌の遠路とがまったくちがっているのを考えなかった、実験的体験でした。

それ以来、足の爪を切るのが苦手なんです。切りやすい形に伸びず、ごろっとしています。といって、やめとくわけにもまいりません。足袋でも、きっちり足に合うたのを穿《は》くと、爪がさわって気になります。

靴下はまた、ちょっとのことで筋をゆかすでしょう。すうすう筋をひく、靴が穿きにくくなって、爪がこんもり盛り上っている困った足。

これ以上放っておけないと思った時は、湯上りに、大切に爪切りをあてて始末します。

「どうぞ無事に爪切り作業が終りますよう」

緊張が走ります。切ったお爪は庭木のもとへ。

# 文筥

筥《はこ》がいくつか。

毎日のようにいただくお便りを、ありがたくしまっていましたが、仕事がはじまりましてからは、とても三十センチと二十三センチといった筥に、お便りは納まり切れません。手のあいた時にも一度見直して、

「これはあの本へのご感想」

「これは最近のお身内のこと」

などとわけて、同じ傾向のものを集めて適当なダンボールにみっちり入れて、紐《ひも》をかけてしまっています。

この、人様からのお便り、感想、ご批判などが、私を育ててくださった私の宝なのです。結局、文筥《ふばこ》には、やがて整理するのですが、とりあえず再見まで……の御文がはいります。

このところ『能つれづれ――こころの花』（檜書店）へのご感想を、この筥に入れています。

これは軽い薄手《うすで》（五ミリ）のフチですが、しっかり塗られた春慶塗《しゅんけいぬり》かな。外も内も同じ色に塗られて、まるで鏡のようにあたりのものを映しています。一

通一通、わが不備なところを細やかに書いて下さっている差出人のお心。物をいただくより、お言葉をいただくほうが、感謝は深いのです。

いったんは文筥に収めても、たちまちあらけないダンボール詰めになってしまう申訳なさ。でも、保存しておきたく、

「あ、あのお手紙をも一度見たい」

と思った時に拝見できるようにしているつもりなのですが。

あまりにも数多い方がたとのゆかり多くて、さて

「あの方の、あの時のお便りを！」

と思っても、とてもたいへん。しんどくて、探しだして取り出すことはできませんでした。こればかりは、他の誰人《たれびと》に頼むこともできません。自分の思いとの対話なのですから。

子供があれば、何とかわかってもらえるのでしょうが、何分、嵩高《かさだか》いダンボールばかりがいくつも。私がいなくなれば、すぐにパァです。

私は戦死した兄博のことを、遺族・友人などの文章をまとめて『飛ろし』という冊子に作っていました。

また、これも戦死された「お隣の兄ちゃん」からいただいたノート手記を大切に秘めていました。

若く戦死した青年たちの絵を「無言館」に集めて守ってくださっている窪島《くぼしま》誠一郎氏が、京でその絵画展をして下さった時、絵ではないけれども、やはり若い魂なのでとお願いして、同じ位の文筥に『飛ろし』と「ノート手記」を入れてお渡ししました。

ご迷惑でしょうけれど、他に術《すべ》なき悲しみを訴えて。

# 杖

昨日は、私の四歳年上だった兄、博の戦死した日でした。兄姉のなかでは、とくに賢くて、人柄も信じていた兄が、一九四二年一月、いち早く戦死してしまって、満五十八年になります。

この日、八歳年上の姉が、息子夫妻とともに、久しぶりにたずねてきてくれました。門をあける音がして、いちばん先に姉。その姉の持っている杖《つえ》……。

「ああ、杖をつくと、こんな音がするんやな」

その杖を、姉の娘である姪が、ちゃんと私に用意してくれて、

「気いつけて歩いてや」

本人はしっかりしているつもりでも、ふらふら、よわよわですから、家の中でもあぶないこと。

手許アクリル、本体グラスロッド、長さ七十九センチ、誤使用すると折れますですって。

ご近所でも、杖をつかれる方がふえました。なるほど、地面に支えてもらえる杖、ずいぶん楽です。

頼みとする人のことを「杖とも柱ともして」と表現していましたね。家の柱がどんなに大きな力かはわかりますが、杖がこんなに助かるものとは、実際

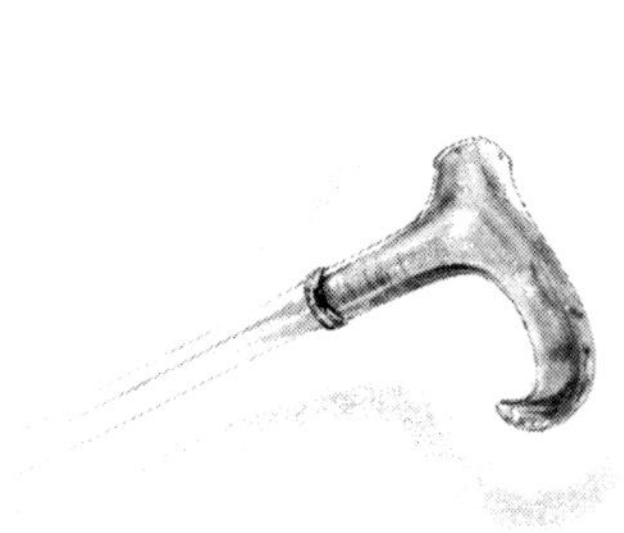

に弱ってついてみなければわかりませんでした。

それは、若い時、元気な時、また、障害の無い人にとっては、一本の杖の偉大さはわからないでしょう。

私たちの失った兄という男が、一家にとってのりっぱな杖であったことを、何につけてもしみじみ感じます。

「戦争は絶対反対」

「人間同士、殺し合ってはならない」

「世界人類平和への願い」

二〇〇〇年というこの今、今が明け方か、夕方か、誰もはっきり見通せないのですから、「敵対しない理想共生」を自分がまず行動しなければなりません。

この杖をさわっていて、

「このような造型で、いいのかしら」

と思うのは、昔、お山を案内してくださった吉野の方が、「椿の杖がいちばんいい」とおっしゃったことを、耳の奥に記憶しているからですの。椿、という古くから千年の寿《ことぶき》を祝われてきた自然の木への敬意がこもっているのでしょう。

自然といえば、歩いているうちに雑木林のなかにはいって、倒れている木、落ちている枝、小さな身丈のお人にも、男女、老若、自分に適した寸法の自然木を見つけて余分の枝を払って杖にさせてもらう……そのくふうは、古代から身についていたものでしょう。

なにか、きれいだけれど非自然の杖の継ぎ手に、どんな拍子にこわれるかもわからない心配があります。

杖を曳《ひ》く呼吸は、それぞれの生きる重さです。

# バスクの絵

フランス、スペインの国境にまたがるピレネー山脈西部地方の人びとは、現代のヨーロッパ諸民族のうちの最も古い民族といわれています。

私はバスク地方を旅したことはありませんが、日本にキリスト教を伝えるためにきたという「ザビエル」や「S・カンドウ神父」のふるさとだと、司馬遼太郎氏の紀行で教えてもらったことがあります。

司馬さんは、さわやかな、やさしい方でした。そしていつも、

「概念でものをみてはいけませんな」

と、偏見や差別にとらわれがちな日本社会の視点を、柔軟に、人間的にとすすめてくださいました。

世界各地に、その土地自身の特色を活かせて、古代から変らない独特の生活・風俗を保っていらっしゃる方がたがあります。他との比較を差別的に考える場合は、つい、自分たちの方を優秀なんだと位置づける場合が多くて、対立や嫌悪がおこってくるのですね。

私は一九五四年から満十年間、神戸に住んでいました。阪神間の画家、須田剋太《すだこくた》氏とも親しくさせて

いただいて、京へ宿替えしてからも、よく遊びに来てくださってました。

司馬遼太郎氏と、須田剋太画伯の『街道をゆく』連載で、私など、とても見ることのできない町や歴史や風景を学ばせてもらっていました。

フランス領内、スペイン領内、バスクの人たちは、住んでいる土地によって差別的によばれたのですって。

今は、そういうことの無い、ひらかれた自由の土地であってほしいのですが、バスク地方の完全独立を求める闘いは、長い間続いていました。

司馬さんは、バスク語も、日本語も「孤立的」と書かれていました。バスク語の系統は不明で、やはり「孤立した言語の一つ」と『広辞苑』(岩波書店)にのっています。

「くにの言葉は実に美しい」と、ふるさとを愛するバスク人ドン・ホセは、バスク語を使って話しかけたカルメンに惚れこんで、悲劇の成りゆきとなってしまいましたが。

須田剋太画伯からいただいた精気にみちたグワッシュ「バスク大統領官邸」の作品を、私は日本間の欄間にかけさせてもらっています。民家的なたたずまいのバスク自治領の「大統領官邸」を仰いで、沖縄の女性が、沖縄自治領の夢を語られたことが、忘れられません。

剋太画伯は亡くなられたあとでしたが、五年前の阪神・淡路大震災で、奥様はご無事ときいてほっとしたのでした。

貴重なバスクの御絵です。

# 虫めがね

字、というのは、むつかしくて、また、その意味を考えますと、面白いものですね。

長い人生のうちには、もうとても忘れられない多くの字が、自分自身になってしまっていて、「あ、あれ」といった記憶と重なっているわけですが。

それがまた、忘却の彼方へ消えてゆくのですから、まいってしまいます。先日でた小著のなかで、子どもの頃「戀」という字を教えられた時の記憶を書いていました。

今では簡単な略字で「恋」と書けますが、当時はしんどい文字。文字の意味するこころも言いにくいのに、それを、「いとし、いとしと言う心」だと教えられて、そのおかげで、「こころ」も「字」も、忘れずにいます。

読むだけなら何とか通過できましても、私の場合、自分の言いたい思いを書くのが仕事ですから、やはり、正確に書く必要があります。

「これで、まちがっていないやろな」と思いましても、どんどん、あやしくなってゆきますから、手もとの虫めがねを取って、辞典や、原典

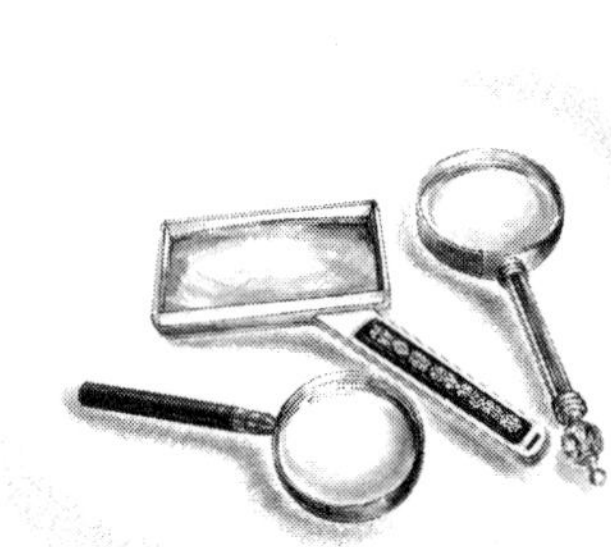

を調べます。

いつごろから虫めがねを使うようになったのか、まったく覚えていませんが、まだ四十代の助け手も、さっと虫めがねで見たはることがあって、

「そうですね、辞書ひくようになってからですね」

ものを拡大するとか、縮小するとか申しますね。虫めがねは、拡大鏡のこと。江戸時代に凸《とつ》レンズを円筒に仕掛けた簡単な顕微鏡《けんびきょう》ということです。（『広辞苑』）

江戸時代といったって、長い年月。でも、江戸時代は戦争がなくて、各地方にいろんな観点から発見にとりくんでいらっしゃる人びとがあったのでしょう。

一枚の凸レンズといいますけれど、この一枚を知ることは自分の想像もし得ない自分とめぐり逢うこと。いったい、その凸レンズがどういうことで拡大鏡、虫めがねにまでなったのか、その成りゆき一つでも、ふしぎです。

虫って、小さい存在を象徴的に意味したのでしょうが、そればっかりとは限りません。

虫がいい。虫を起こす。虫の知らせ……。

自分でもなぜそんなことになるのか、判らないことがいっぱい。人そのものの存在には天か、宇宙か、予測か、予感か、「神経だ」とばかりは言えない感覚が、ひらめきます。

それを「虫」だって。そのむつかしい「虫」を視る虫めがねがあるのかな。

虫めがねで、ためつすがめつ見ましても読めない字がふえました。

# 刺子のオーバー

古いスクラップを調べてみましたら、この刺子《さしこ》のきものを着た私がいると思うのですが、もう、いつごろ刺子展覧会で、この作品とめぐり逢ったものか、覚えてません。

刺子作品展、東北の、寒い冬の間、家にこもって分厚い綿布に一針一針、糸を通して細かな模様を縫ってゆかれたらしい作品展が、デパートか、工芸店か、どこかで催されていた時でした。

ずっときもので通してきましたけれど、刺子なんて重い工芸品とは、それまでご縁がありませんでした。

「弱い子やから軽うないとあかん」

母は少女の私にいつも銘仙《めいせん》を着せていました。すべすべ軽い銘仙が普段着、それでも肩を凝らせていたのですから、自分でも木綿に手を通すとは考えていなかったのですが。

それなのに、刺子を縫われる努力、一針ずつぬいて、次の点から表へだして……これは刺子というだけで、見なければわからない作業なので、私自身、刺子をしたことがありません。

ところがその作品展へはいって、いろんな飾りつけを見ています内に、この紺木綿いちめんに刺子したきものの前へ出て、はっとしました。

私は刺子柄の図録をもちません。昔から伝統に、ずうっと続いてきた麻の葉模様《はもよう》とか、紗綾形《さやがた》とか、すこし間をおいて宝づくしを散らしたり、青海波《せいかいは》が波だっていたり、全部で十通りもの柄の刺子がつながっていました。

作者のお考えか、胸のあたりに松の葉や竹、梅の花型が散っています。なんと心のこもった刺子衣裳かと、離れられなくなりました。

今思っても、あんなぜいたくはありませんでした。綿布ですが、刺子刺繡《ししゅう》の贅《ぜい》……自分の手に合わない高価な品を、

「見ているだけでも、何かを学べる」

と、おのが手の内におさえさせてもらったのです。

そしてもちろん、きもので着せてもらっていました。華やかな友禅のお集りにも、あえて紺刺繡でおじゃましていました。インタビューにも、

「あ、それ刺子半纏《はんてん》ですか」

と笑われたりして。

何しろ丈夫なので消防服や柔道稽古着などにされています刺子、私は、きものを着なくなった時、いつも仕立て直しをして下さっている山下満智子さんにこのきものを渡しましたら、やさしい白絹の裏をつけ、その間に軽い真綿をひいたオーバーを作って下さいました。大寒、酷寒。春寒にも大切に着せてもらっています。

# 炭

廃材の再資源化に、活性炭を作ってダイオキシンを除去するという京都市のニュースは、最近とくに光の当る活性炭のなかでも、規模の大きなものといえましょう。

でも、それは、ほんとうに「自分のやりたいこと」として身辺の炭を大切に作っていらっしゃる方が、長いご苦労をして下さってきたからこそ、炭文化が環境純化とされるようになったのではありませんか。

うちではずっと火鉢を使っていて、自然、炭をさわらせてもらうことが多いのです。ありがたいことに京都へ住んでからも、つたない文をつぎつぎと本に仕立て、著書を作っていただきました。その出版社の方がたには、何ともお礼の申しようもありません。

ところがもう十五年も前、私の本を出版して下さっていた男性が、

「もう生活をかえたい」

といって、ご家族みんなと細やかに相談し、とうとう、富山の山間へはいってお土と取組まれることに

なりました。東京大学卒業後、編集者となられたまだ四十歳の男性が、どうして?

「いや、もういいんです。宗教も、観念も哲学も、実行する時。体力のある間に土に還らないと、きっと後悔すると思うのですよ」

　えらいなあ、元の気、原初の気を尊敬することが、元気というもの。私は、その憧れをもちながら、病気ばっかりして何にも土労働できないまま、多くの人びとに支えられてきました。奥さんも、子供さんたちも、男性の「やりたいこと」を支えられていっしょに働かれました。

　男性が、昔の炭焼小屋でずっと炭を焼きつづけてこられたという当時八十余歳の男性から、何も彼もを教えてもらって初めて焼いたという貴重の楢材のお炭をいただいた時、私は紙の上に炭を横たえて、お供えせずにはいられませんでした。

　それ以来、ずっと、ご自分の焼かれたお山の杉の炭を下さいます。昔は炭俵でしたが、いまはダンボール箱。美しい桐の切り口をそろえた切炭を下さる方もあり、田辺のうばめ樫の備長炭《びんちょうたん》が送られてきたりなど、もったいない炭の花束です。

　やはり、お炭はお供えせずにはいられません。これまであまり見たことのない竹炭もみごとにできていました。

　お子さんたちも、それぞれ好きな勉強、学問、結婚、子育てとすすまれ、ご自分を「スミヤキストだよ」と名のられる男性は、地方政治、自治を助けていらっしゃいます。

　美しい炭のお力ありがたい時期です。

# マッチ箱

何年か前、隠岐《おき》の島からお招きをうけて、まいったことがあります。

人情ゆたかな、そしてどこをみても能舞台みたいに美しさを感じさせる隠岐の島。

出発まで横になっていて、島前《とうぜん》・島後《とうご》、近くの小島からも、海をへだてた島根からも、舟便をたよりに集って下さった会場の皆様に一時間あまり、質問、ご感想にもこたえるひとときを喜ばせていただきましたが、終ると、また、横にならせてもらって、幹事皆様が食事をなさる席には、失礼させていただきました。

もう、ほんとうに愛想のないこと甚だしい私なのですが、その時、来ておられた女性から、

「いつか、伊都子論を書くよ」

とお声をいただいて……、書くために読んでいただいていることのご苦労をお察ししました。

その小川京子さんから、可愛らしいマッチ箱を三個、いただいて、灰皿のそばに置きました。何かの包み紙か、ご自分のきものや服のハギレでしょうか。何気なく小さなマッチ箱が装われているのを見て、

昔の自分のことをなつかしく思い出しました。

のちに戦死した四歳上の兄の友人たちは、兄が入営してからも家へよくこられました。

当時、千代紙で箱を張ったり装幀したりしていた切れはしを、ふと思いついて、マッチの箱にきれいに張ったのでした。

父母も喜んで、味気ない時代の色彩にと受け入れてくれたので、まるで幼稚園の時のように、非労働創作。こればっかりは、小川さんも京のある集会にこられた時に私に手渡してくださったように、送れません。

兄の友人たちも、来たついでに二、三個もって帰られたのでしょう。父母も私も、どなたにどの柄を、なんて思ったこともなく、店員、客人、友人、皆、つぎつぎに勝手にもって帰られたのです。

戦争傾斜で煙草も乏しく、マッチも少なくなっていたのではないでしょうか。ある日、水戸に入隊していた兄から私に手紙がきました。

兄の友人同士が出逢ってお酒を飲んだ時、ひとりが千代紙マッチ箱をとり出して「岡部の妹にもらった」と言ったのだそうです。すると次の人も「ここにも」とマッチ箱をとりだし、結局、「岡部の妹はコケット」だと兄に連絡されて。

びっくりしました。尊敬する兄に実情を報告し自己嫌悪に陥りました。

「伊都子は何等その様な事に気を使ふ必要はない。悩むな。妹はやはり妹だ」

と、優しい兄の手紙に泣いた事件でした。

# 雛膳

金沢からやわらかな雛《ひな》用のごちそうが、届けられました。もう九十一歳になられた安江《やすえ》都伊子《ついこ》様のお心づくし。毎年のお心づくしです。

今年はひどい寒気と大雪。「太いツララを眺めながら」、お雛さまをだしていらっしゃるのでしょう。

昨年、おしまいになる時に詠《よ》まれた御句、

逢うことの　あるやなきやと　雛納め

そのお雛さまに、

「どうにか今年も逢うことができました」

というお手紙が添えられています。

御句の心、私も同じ思いに、毎年これで最後かなと思って暮してきたのですが、うれしい今年もまた。

都伊子様のごちそうを、ちょうど来合わせた方がたに献じました。そして、立雛《たてびな》模様を描いた小さなお茶碗やお皿を出して眺めています。

今でも、雛段が並び、雛用の遊び、器などたくさん売られているでしょうけれど、私のこの品は、やはり大正末か昭和初期のお職人の手に成ったもので

はないでしょうか。

いまの繊細で整った模様ではなく、ひとつひとつに描き手の筆遣《ふでづか》いの見える、のびやかな立雛模様です。

男雛の冠や、女雛の帯、そして散っている桜花びらの一ひらに金がつかってあります。ただ、チュンチュンと筆が目と口とを記しているだけの雛の顔が、笑っているようなのや、泣いているようなのや、何気ないのや、ゆがんだ顔など、見ているると描かれた側の個性が、こちらに語りかけてきます。

幼い頃からこの雛膳《ひなぜん》は、ずっとお友だちをもてなすのに使ってきました。

母や姉が、小豆ごはん、五目ずし、玉子巻、牛肉うま煮そのほか、私の誕生日と雛祭りとを重ねて、ごちそうをこしらえて、仲よし十人の友といっしょに遊ばせてくれたのです。

この雛膳が、ちょうど十人分あったからでしょう。姉は八つ年上なので、私は姉のお友だちのこの雛膳集いを存じません。

幼い私のため、雛段の前へ並んで、この膳で食べてくださったお友だちは、もう半ばはいなくなってしまわれました。貧しくて、食べたくても食べられなかった「ごちそうを食べたよ」と喜んでくれた小学校時代のお友だちの面影がそのまんま、膳に重なります。

戦争、運命。私もまさか、この年まで立雛茶碗やお皿をたのしませてもらえるとは思いませんでしたが、お茶碗のほうも、もう三、四個しかのこっていませんの。

このお皿へ金沢のやわらかごちそうをのせましょう。

# 桜湯

できるだけ、そのとき、の出逢いひとときを大切にしたくて、来て下さる客人のお約束が重ならないようにしています。

さあ、何時には何人みえるはず……なんて時間が迫る少し前から、桜の花漬をほどいて、ほんの一花《ひとはな》、二《ふた》花ずつ、小皿に分けておきます。そしてお湯呑が冷たくないように、お湯を入れておいて。

あ、ブザーが鳴っている、いらしたよ。

遠い道、電車、くるま、うちへお着きになってやっと応接へおすわりになったところへ、最初にお出しする飲みものですから、桜湯は、あったかくないと、意味がありません。

ぬくめておいたお湯呑に、桜の塩漬を入れて、熱湯をそそぎます。平ったくなっていた桜の花が、湯にふわっとほどけて、やわやわ咲きだし、浮いてゆきます。

「まあ、桜。きれいですね」

分厚い白い磁器に、淡紅色の桜の花が咲いていてゆらゆら。紅塗の茶托がよく合うので、いつとはなしに、うちの桜湯はこの器に決まってしまいました。

昨日いらした平田倫子《しなこ》さんは、
「私はね、桜餅の葉も、花湯の花もみんないただくの。井戸を掘ってもらって自然農耕しているんですよ」

きれいに桜の花を召上ってお元気。ありがたいことに、平田さんと、仲良しのシャスティーン・ヴィデーウスさんとのお二方は、私の昔の本のなかから「石の道」「石仏のお声」をスウェーデン語に翻訳して下さったんです。

その文を、スウェーデンで毎月出版されている月刊雑誌『オールド・フロント』がのせて下さるということで、昨日はお二方が校正刷をもって来てご相談下さいました。スウェーデン女性で、在日すでに三十年と承るシャスティーンさんが、どういうことで本を読んで下さったのやら、倫子さんとお二方が心を一つにして翻訳して下さったのやら。

スウェーデン語なんて、とても、私には読めません。まるで模様を見ているようです。

美しい国、良い国ですよと、人さまからお噂はきいていて、行きたいな、でも、行けないな。その北ヨーロッパ・スカンジナビア半島のお方が、石の心をきいて下さるなんて。石への愛を理解して下さるなんて。

石仏が、散り花びらにまみれていた思い出の一景。どこの桜の花なのでしょうか、八重桜を梅酢と食塩で漬けたという桜の花漬を永楽屋《えいらくや》さんでみつけて、ずっと花湯をたのしんでいます。桜湯を喜ばれた客人お二人へのお土産にもさせてもらって。

# 広辞苑

「何かあって、人のいない離れ島へ一人で住まなくてはならなくなった時、あなたは何を持ってゆきますか」

そんな質問を受けた時、言下に「聖書」とか、「歎異抄」とか答える信仰者があります。

生きるための糧や、寒や雨露《うろ》をしのぐための衣服など、どうしても必要なものがあります。誰とも相談できない、誰からも助けてもらえない、離れひとり島となったらどういうことになりますのか、想像もできません。

私はその時、「本を持ってゆきたい」と言ったのですが、本といったって「何という本を」といわれると、もう、お返事できなくて、とても一冊や二冊の書名をあげることはできません。

「そうですね……。それでは辞書を持ってゆきましょう。それこそ、辞書にはみっしりつまった項目が並んでいます。辞典を一つの言葉を調べるためにひくでしょう。その目的の言葉にゆき合ってほっとしてね、つい、そのあたりの言葉に目をやると、いっぱい言葉の花が咲いていています。あらっ、あらっ、なんて、新しい興味に目移りしてしまいますの」

などと、けんめいに考えて話したのですけれど、じっさいそんなことになったらえらいことです。そんなことが言えたのは、三十年も前で、まだ自分の視力が信じられていたからでしょう。

私が京都へ来て初めて求めた『広辞苑』は一九六九年に出版された第二版で、書く仕事を始めてまず求めた『広辞苑』が、一九五五年出版の第一版でした。

どんなにおせわになったでしょう。第五版が出版された時、目の視《み》えにくくなった私に巨大版の『広辞苑』をいただきました。幅二十センチ、長さ二十七センチ、頁の高さ十センチ、内容もかつてない大きな字で読みやすいようにくふうされています。

新村出《しんむらいずる》先生にもお目にかかったことがあるだけに、

「とにかく簡明にして平易、広汎《こうはん》にして周到、雅語と漢語、古語と新語、慣用語と新造語、日用語と専門語、旧外来語と新外来語、新聞語と流行語、みなつとめて博載を期した」

との序に、この辞苑にこめられたご辛苦が思われ、協力された方がたのお力を含めて、世界に輝く日本辞苑原典として、深く感謝せずにはいられません。

何とか読める間はと、毎日のように学ばせてもらっているのですが、大きいだけあって、とっても重いのです。三キロ半ぐらいあるかな。

持ちあげられないので、机の上に置いたまんま拡げてます。

# 湯呑

客用の湯呑茶碗は、まえに述べた桜湯に使っているようなまるい形のもの。もちろん、大・小いろいろあって、湯呑というより煎茶茶碗といわなくてはいけない小ぶりの一式もあります。

湯呑、湯飲、湯呑茶碗の「茶碗」を略した、毎日「ちょっとお湯呑」と思って使わせてもらっている品には、古くからの品、新しい品、凝った品、ざっくな品、沖縄の陶器から清水《きよみず》まで作家の焼や、記念の焼などがのこっています。

清水焼団地まつりで、安い安い薄手の湯呑を求めたのも、使う人には好評で、面白いように器のころの受けとりかたがちがうんですね。

毎日、てのひらにお水をくんで、目をパチパチ洗いますし、時には、そのお水で、うがいをします。

てのひらは、じつにありがたい力ですが、熱湯には、やけどしてしまいます。てのひらではいただけない熱湯を、安心して注げるお湯呑、いり茶、麦茶、番茶から緑茶、ウーロン茶、うっちんともよぶ沖縄のウコン茶まで、その季節、そのときの状態でいろいろに喜んでいます。

白磁の竹中浩氏手造りの作は、毎食後の薬専用にして、黄色地に、裾から八本の草（ナデシコと桔梗かしら）の伸びている清水焼を、食事のたびに使っています。

お湯呑への感謝がつきないのは、私が助けられると同じように、どのお人も、そしてどのお家にも、まず必要というものだからです。だから、たとえば何かをさしあげたく思った時、五十歳になった時とか、七十歳になった時など、自分の好きなお湯呑をお配りして。

この青と金と銀の縦縞《たてじま》模様の湯呑など、清水焼団地町の小坂屋さんが見えた時使ったら、

「うわー、これまだ使うたはる」

と呆《あき》れておられました。

あれは何の記念でしたか、もう三十年は昔に、ひとつずつ紙箱入りにしてもらったことがあります。好きなものは、そんなに長く使っていましても、いつも新鮮です。

そういうことも含めて、ご結婚の若い方がたが、初めて来て下さった時には、お菓子よりも一対の夫《みょ》婦《うと》お湯呑を「いつまでも仲良く」と祝福し献じるのです。

「まだあのお湯呑、使ってますよ……」

と、すっかり忘れていた方から言われると、それは割れものだから、うれしいこと。

ていねいに使っていましても、割れることがあります。心をこめて日々の喜び大切に。

# スクラップ・ブック

久しぶりに初期のスクラップ・ブックを開いていますと、たちまち、その時のことが鮮やかに思い出されて、そやそや、そうやったなあと。

原稿を切りぬいて張ったブックが百二冊、談話と題したブックには対話や座談会、インタヴュー記事などを張っていて、書評も入れたのが七十七冊。他に連載ひとまとめのものがあります。

まだ、複数の生活で姓も当時の原稿、それは娘の頃の散文を知っておられた友人が、「投書を待ってるというこんな雑誌が出てるから、ここへ何か書いてごらん」と持ってきてくれはった『美しい暮しの手帖』第九号に、「ねまきの夢」を書いたのが最初でした。

有名な方のも、無名の私のも、同じ大きさの活字で並んでいました。本を読むことや、原稿を書くことが嫌いな夫を知っています。初めてもらった原稿料は、夫へのプレゼントにしました。

談話のなかで最初にのこしているのは、家庭訪問インタヴューで、まだ主婦時代の一九五〇年の春。思えば五十年の歳月が重なっています。

一九五三年、独りになった時、恩師安田青風先生が自然歌会に連れていって下さいました。京の建仁寺の寺域にあった左辺亭《さへんてい》で、『中外日報』の社主でいらした眞渓涙骨《またにるいこつ》先生にご紹介下さったのです。

　明るく大きく笑われる涙骨先生は、

「何でもいい、思うことを中外日報に書きなさい」

と、書く仕事を勧められました。「感三、理七」と書かれた横額がかかっていた部屋です。

　おかげで、短文を毎日、のせていただき、

「表現とは身体的主体を媒体に、無の場、寂の場への基本的憧憬であり、この人の随筆の艶に無の光彩が増す」

なんて、存じ上げない方の評ものりました。

　当時、神戸に住んでいた私に、神戸新聞が一週一回の場で「映子」と題した自伝を十一回、それもブックにのこっていました。私は「美しい音」散文に、独りになってようやく音楽が聴けるようになった喜びを書いています。

「心破れたひと、身体を傷めたひと、どんな荒れくるった心も美しい音になだめられる。傷つきやすい魂の人間には食物にもひとしい必需品なのかもしれない。忘れていた美しい音にめぐりあった昨今である」

　今も同じ思いの数かず。このスクラップ・ブックと、アルバムとが、私なのです。私を育て守って下さったたくさんの恩人の励まし、社会の皆様に感謝せずにはいられません。

# 障子

はじめは暖かった二〇〇〇年も、きびしい寒さを経て、ようやく、春です。

冬の間、しめ切って、何となく淋しかった障子が明るい外光を映すようになりました。障子が白くみえて、「どうしてかな」とあけてみましたら、雪が積もっていたことを思い出します。

建築について勉強していらっしゃる若い女性がこられた時、昔の家屋、そして障子や襖《ふすま》、廊下などを興味をもってていねいに視《み》ていらっしゃいました。

「この障子紙の張りかたは、何というのでしょう」

と誰かがたずねましたら、

「これは石垣張りというのですよ」

って。障子紙の張りかたにも美学があるんですね。

もう、自分で障子紙をはがして骨を洗って、新しい紙を張る体力が無くなってしまって、専門店にお願いしてから、こういう張りかたを見せてもらいました。

高句麗《こうくり》の僧、曇徴《どんちょう》によって六一〇年「絵具・紙・墨・碾磑《みずうす》」などの製法が伝えられた（『日本書紀』）そうで、以来、紙文化は各地に広がったようです。風

土・素材・製法にくふうがあって、一枚一枚、漉《す》き上げてゆく喜びは深かったでしょう。

楮《こうぞ》から漉いた障子紙を、吉野紙制作の福西氏からわけてもらって、うちの障子に張ってきましたが、茶の間で食事をしながら、雪見障子《ゆきみしょうじ》の桟を上へあげて、外の降りつぐ牡丹雪を眺めたこともありました。

和紙は紫外線を通さないで、可視光線《かしこうせん》は通すそうです。障子の白さが、電気をつけると夜の部屋をひきたて明るくさせます。昼の外光で、人影や木の影の映るのも、昔からの暮しの優しさだったのでしょうか。

怠けていて、障子の紙の破れを、つくろっていません。昔は、同じ障子紙で、いろんな花型を剪《き》って張って、

「これはあの人、これは私の作品」

なんて笑ったのに。もう張り替えなければならない時期にきているようです。

昔、どの家にも、長屋にも障子がありました。その障子に住む人の心意気が張られていたのではないでしょうか。

ちょっとゆるんできたら、霧吹きで障子をさっと吹いて、また紙をピンとさせたり。

もう今では、障子の無いハイカラお住まいが多くなって、障子の心意気なんて、誰も気がつきません。

私も、「紙は神さま」なんて感動していた自分を忘れて、ひたすら、障子明かりに包まれています。

# シーサー・オルゴール

二〇〇〇年四月二日、京都円山《まるやま》野外音楽堂で、「名護《なご》に新しいヘリ基地を作らせない！　ひびけ沖縄のこころ関西集会」が催されました。

それこそ関西の各地から、「普天間基地の代り」に沖縄本島の辺野古《へのこ》地域に新兵器であるヘリ基地を作るなんて、日米新ガイドラインに備えた軍事基地だと反対し、平和を願う人びとが、二千五百人も集まりました。

普天間基地はもとより、すべての軍事基地をなくするのが沖縄の願いです。いえ、それは戦争、武器を棄てたはずの日本憲法の理想でしょう。だのに日米関係はますます軍事関係を緊密にしているような気がします。日本政府の思惑のまま、沖縄行政もあやつられて。

沖縄の歴史、琉球の歴史をかえりみます時、大和の武力で否応なく併合した申しわけなさ。すばらしい自然と文化、伝承の美術工芸や、歌、舞踊をみすみす踏みにじった悲惨な沖縄戦を忘れることはできません。

平和を願い礼儀を守る「平和守礼」の沖縄こそ、

世界平和、平等、愛の志に集う人類仲間にとって、最前線の希望ではないでしょうか。

一九七二年五月十五日「米軍占領から日本へ施政権を返還する」となりましたが、沖縄の巨大な米軍基地はそのまま。

もう戦後五十五年経った二〇〇〇年も、沖縄は米国に支配されている大和の支配から離れて、独立、自治の自由をもつことができません。

何度も沖縄を訪れて、すぐれた方がたに教えられ、勇気と誠実にみちた民衆ひとりひとりの美しさに学んできました。おみやげにと、このシーサー・オルゴールをいただいた時、曲の名を教えていただきましたのに、胸うつメロディを繰り返すばかりで歌詞が思い出せません。

何ということもないはずみに、ひとりで鳴っていることもあります。客人に沖縄の珍味「豆腐餻《とうふよう》」をもてなす時、このオルゴールをまわします。

独得のメロディに思いだすのは、このシーサーを下さった尊敬するジャーナリスト新川明《あらかわあきら》氏がおっしゃったこと。

つい私は、「復帰」と呼んでいたのですが、新川氏が「復帰ではないでしょう」と言われて、はっとしました。

ほんとうに、大和人《やまとんちゅ》である私は、真の沖縄人《うちなーんちゅ》の苦しみ、日米両軍から監視されつづけている沖縄の悲しみを何と思ってきたのでしょう。

「復帰ではなくて、あれは琉球を再併合したのだ」と言われて、あつい思いにオルゴールが廻ります。鳴ります。

琉球のメロディです。

# 竹の花籠

あれは、大阪のある百貨店で「田辺竹雲齋《ちくうんさい》作品展」が開かれた時、偶然その近くへゆくことのあった私は、「萬葉花藍」と題された作品に魅了されました。

作者のお名も存じあげない二十七、八年も前のことです。竹籠《たけかご》という先入観にはとても納まらない細長い竹線の籠でした。約三十四、五センチの高さ、下部は十センチ四方に編まれていますが、上ですこし細くなっています。こんな艶《つ》ややかな黒直線のしゃれた感覚の籠は初めてでした。ハープの音楽でもきこえてきそうなうれしさに、花をいけたり、花無きまま飾ったりして。

お名を存じあげ、作品を喜んだご縁で、取材に堺のお宅へうかがうことができました。竹にかこまれ、少年の頃からお父様にきびしく仕込まれて、とうに五十年をこす竹雲齋先生がすわって竹を編んでいらっしゃいました。

材料をみていたら、造りたい形や組みあげが浮かんでくるそうです。創作、竹を活かすのは、竹のいのち、こころ、その声を知る力が要るでしょう。

それこそ、古代から数多くの籠が編まれ、庶民の暮しの落着いた江戸期からこちら、みごとな古典作品が、家々に備えられていた、今でも、どちらにどんな名作がひそんでいるかと思います。

竹雲齋先生は誠実なお人柄の方でした。

「頭で考えんと、何より竹をいろう（さわっ）て作らんとあきまへん」

てのひらで竹と親しみ味わうことから、代々の名人は幼い薫育をうけられたのでしょう。どの仕事にも大切な、基礎の基本が出発なんです。

いろいろ、うかがったり拝見したりしている間に、先生は一つの「元宵《げんしょう》」と銘した籠を出してみせて下さいました。

これは「萬葉花藍」とは対照的にじつに繊細な技巧を凝らした作品、細く仕立てた竹は裏もほとんどはぎとられて、糸のようにしなやかな表皮だけ。細やかな亀甲《きっこう》模様《もよう》の透かし編みに、籠の肩の清らかなまるみに気品があります。

「旧暦正月十五日の夜、中国では古来から祭りが行われる」

という元宵節をご存じだったのでしょうか。

この籠を抱いて帰ってきて、一番最初にさしたのが、わさびの花でした。わさびなんて見たこともなかった私に、花を持ってきて下さった方のご好意、典麗な花籠に可憐《かれん》な白い花がよく似合ったんですよ。以来、洋花も自然花もいっぱい挿してたのしみました。

このご恩ある花籠の作者は、ご子息に竹雲齋を譲られ、一刀齋として先日逝《ゆ》かれました。

# 庖丁

パン切り庖丁《ほうちょう》から、刺身《さしみ》庖丁、出刃《でば》庖丁、菜切《なき》り庖丁にも大小あって、お料理するのになくてはならない庖丁です。お台所の好きな私は、取材で堺の庖丁工房を訪れた時、なにもかも、ほしい気がしました。

　庖丁を作るお職人、その庖丁を選んで自分のお料理を作る庖丁人、毎日、日常の暮しに「どこからどこまで」が切実な遊びくふうがあって、長い間、同じ庖丁を大切にしてきました。

　でも、砥石《といし》を使う呼吸がわからなくて、私の料理ぶりを取材されたカメラマンが、うちの砥石で庖丁をといで下さったこともあります。

　今度、庖丁に大小いろいろお目にかけようかと思っていましたら、中村洋子画伯らが、

「この一本だけでいい」

と言って下さいました。

　ふつうの庖丁なのですが、庖丁の背の下側に、

「贈土井勝」

と、細く刻《ほ》りこんだ線がみられます。

　これはわが宝。

もう読みづらいほど薄れたお名に、ありがたい土《ど》井勝《いまさる》先生とのお出逢いがよみがえりました。

その頃、テレビや雑誌で、ときどきごいっしょすることのあった土井先生をわが家にお迎えして、いたらない自分の手料理でもてなす企画が、ある雑誌で実行されました。もう二十二、三年前のことかしら、しろうと料理の献立を書きのこした一文を思い出して、『京都民報』からのお二方に聞いていただきました。

先生の前で小さなカンテキで椎茸粥《しいたけがゆ》を煮たことや、ふつうは天《てん》つゆ入れとされている器に、栗あずきの甘煮を入れておだしししたら、先生が、「既成観念にとらわれない器の使い方……」だって、めちゃくちゃぶりを賞《ほ》めていただいたことなど、うれしいひとときでした。

その料理のいきさつも、雑誌にのこっていますでしょうに、すっかり忘れて。

ただ、この企画で先生に手料理を笑っていただいたおかげで、そのあと、この貴重な庖丁が届けられたのです。

庖丁にもいろんな形、この土井先生からの庖丁は、両方から刃がとがれていて、何というのか、精練なのです。有次《ありつぐ》さんで手入れをお願いしましたら、やっぱり、

「相当長く使っていますね」

と、刃の幅がすり減っていることやら、やはり土井先生のお名がはいっていることを指摘され、

「大事にしなさいよ」

と言っていただきました。

土井先生、あの時と同じ紅花酒《べにばなしゅ》、いかがですか。

# 末川博先生の書

京都へきたおかげで、末川博先生とお近づきになれました。

毅然として信念を貫かれ、いつも「未来を生きよ」と若人を、学生を励まされた先生。一九六八年、東京大学の時計台からはじまった大学闘争が、関西でも多くの大学にひろがった時期です。

地元のテレビで沖縄について対談させていただいたり、いろんな集まりでお目にかかったり、その頃、北白川に住んでいた私の家の近くにご子息のお宅があったので、おついでにちょっとのぞいて下さいました。

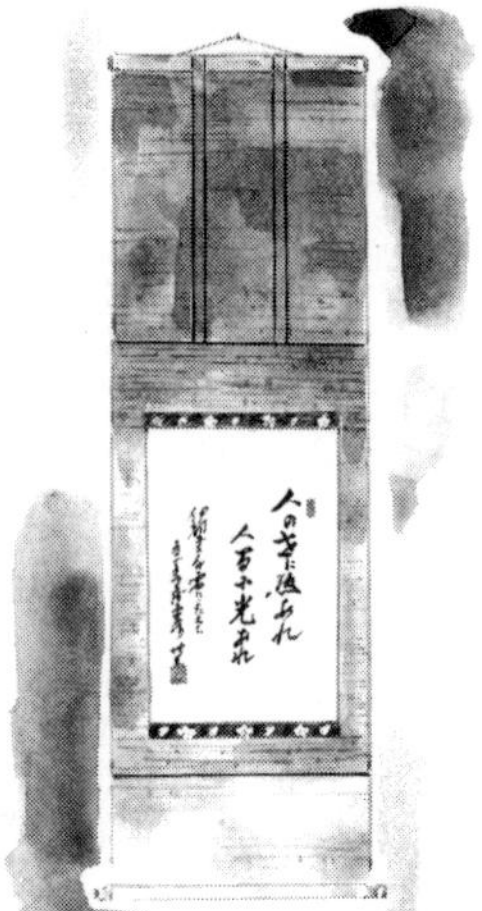

そして一九六九年三月、あの大混乱のなかで立命館総長を任期終了で退任されたのです。存じあげている立命館の先生がたも、たくさんおやめになりました。

町の生活者でしかない私の目にうつった先生は、横断歩道でとまりながらも、じつに優しく周辺の者を気づかって下さっているご様子、あたたかな七十七歳のお姿でした。

当時、細かく深く認めていて下さったことを思い励まされます。

先生に学んでいる人びとは、先生がどんなに誠実で、自分に責任をもって生きよと言い通されましたか、よく記憶しておられるでしょう。

「人間だもの、いろいろ悩むだろう。悩むことはどこまでも悩め。しかし、死ぬな。死なずに未来を見よ」

って。

なつかしい清風タクシーの安井功氏、藤木正治保育園長とごいっしょに、紅葉の修学院離宮へと博先生のおともをしたことがありますが、その時、隣雲《りんうん》亭《てい》に腰をおろして先生に、

「〝人の世に熱あれ、人間に光あれ〟という水平社宣言の末尾を書いていただきたい」

とお願いしたのでした。永遠の青年、書生っぽい先生にお年を感じたことがなく、お疲れなんて思わなかったのです。

それまでも蓮月尼の和歌など書蹟を下さっていて、みんなお軸にしていました。だのに、すぐそのあと、先生は急に意識をうしなって倒れられました。あとで「僕はよくこうなるんだよ」と笑っておられましたが、あの浴竜池《よくりゅうち》のほとりで、救護を待ってお脈をとっていた時のしんしんとしたさびしさ。

先生は二、三カ月経ってから、お願いしていた書を届けて下さいました。それがこのありがたい書です。

ほんとうに、やはり突然倒れて亡くなられてから、もう今年、二〇〇〇年は二十三回忌になります。

私は、先生が学生大会に出たりジャーナリズムから訊《き》かれたりしても、いつも、

「学生はいい。学生は可愛い。学生が可愛くなければどうにも仕様がないよ」

と、熱く学生を語られたお声を思い出します。

# 小学校の椅子

住民である私は一度……と思いながら、幼い人のいない淋しさ、今年も船岡山《ふなおかやま》公園で催された子供たち中心の「区民ふれあいまつり」に参加することができませんでした。さぞ明るい子供たちの声があふれていたことでしょうに。

高さ一一二メートルときく船岡山は、京の都人《みやこびと》、とくに宮廷貴族にとって霊気こもる聖地であったようです。平安京を創る設計図からして、羅城門址《らじょうもんあと》から北へたどると、船岡山につきあたります。

祇園会の船鉾、大文字の火の船形、「岡は船岡」と清少納言も書いていますが、「正月初子《ね》の日」の行事が『今昔物語』や『栄華物語』に記されています。

京にとって、盆地にとって、船は神迎え、神送り、舟玉、神の依代《よりしろ》、死や棺《ひつぎ》の意味もあって中国伝来の「子《ね》の日の遊び」、この日に岡に登って四方を望むと、陰陽《おんよう》の気を得て煩悩《ぼんのう》をのぞくという啓示を大切に、子供ならぬ公卿たちが、

「船岡ノ北面ニ小松所々ニ群生《ムラガリオヒ》タル中ニ、遣水《ヤリミズ》ヲ遣《ヤ》リ、石ヲ立《タテ》、砂ヲ敷《シキ》テ、唐錦《カラニシキ》ノ平張《ヒラハリ》ヲ立テ、簾《スダレ》を懸《カ》

語』)

ケ、高欄ヲゾシテ、其ノ微妙《メデタ》キ事无限《カギリナ》シ」(『今昔物語』)

と山頂を飾って四方を眺め、小松をひき、若葉を摘み、ご酒飲食をたのしみながら、詩歌を競詠したのではないでしょうか。

私が船岡山にのぼらせてもらったのは、もう二十三年前。ほんとうに誰もいらっしゃらない静かな公園でした。

蓬萊山《ほうらいさん》へ通う船、諸外国からめずらしい文物を届けてくれる宝船、清らかな船岡山は七福神が呉越同舟《ごえつどうしゅう》で飛来するのでしょう。

私は、小さな茶店の横に、子供の腰かけが積まれているのを見つけました。

「小学校の椅子でしょうか」

とおたずねしました。その頃まで、小さな学校があったらしいのですがもう廃されて、片づけの椅子が少しのこっていたんです。

「あ、もったいないこと。一つ、いただいていいでしょうか」

と、厚かましいことを申しましたら、

「どうぞ、でも持って帰れますか」

と、茶店の方のおゆるし。

同行していた方がたが、下のくるまのところまで運んで下さって、無事に家に戻りました。

どれくらいのお子さんが使われていたのでしょう。今は皆さんすっかり大きくなって、机や椅子を大きくしたら教室が狭くなったなんて報道されていましたが、いただいた小さな腰かけは、ずっと玄関へ置いてあります。

わが故郷かな。

# お絞り

いろんな柄の、いろんな厚さの、いろんな大きさのお絞《しぼ》りを使ってきました。

汗のふきでる初夏からは、汗ふき用のお絞り。でも秋、冬でも、やはり客人へ湯や水で絞ったお絞りをおだししますと、お手をはじめ、気になるところへ、いつでも使える用意があることに、ほっとされる感じがあります。

季節によっても、その日によっても、濡《ぬ》れたお絞りの「絞り加減」がちがいます。なかなか心づかいの要るものなのですね。

今では、旅の車中でも、大量生産されている袋を渡されますし、飛行機の中でもお絞りを下さるようになりました。

「のこりもの」売出しの軒先に、薄手のお絞りタオルが売られていました。あんまり安いので求めて戻り、重宝に使っています。たくさんのお友だちと逢う時だと、絞ったものをナイロン袋に入れてゆきます。

小さな人がいっしょの時は、やはり用意があると安心です。何かのはずみで卓上にお汁や水が流れて

も、お手々やお顔がよごれても、笑いながら始末できますもの。

もう五十七年も前になりましょうか、戦争がひどくなってきて、すぐ上の兄は戦死、一番上の長兄は志願して南方へ。姉は結婚していて、兄妹の中では少女の私だけが、大阪の家に両親と居ました。

店の人も、助け手もいなくなっていましたのに、美食家だった父は胃潰瘍《いかいよう》で吐血、母は結核で血痰《けったん》。動かすと悪化する危険があります。私は自分が肺浸潤で転地療養や安静をつづけた経験をもっていましたから、父は三階に、母は二階に寝せて、ひとり上ったり下りたり。

夫婦なんだから同じ部屋に寝られたら話ができていいのですけれど、何しろ父は絶対安静。絶食のあとは果物汁や葛湯《くずゆ》など流動食。

反対に、胸に湿布の母は、できるだけ栄養食を採らなくてはなりません。

今みたいに換気扇はありません。母の食事の匂いが父に届かないよう、気を使いました。母の枕元には何か食べられるものを作って置いて、淋しがらないよう、本も置いて。

寝汗や湿布、洗濯物で、私の不細工な手は、ますますふくれて、くずれてきました。すべてに窮迫した戦時、ほんとに両親を喜ばせることは何もありません。手の傷みをどうしようもなく、手ぬぐいを何度も絞って、父や母の身体を拭いてあげるだけ。温かいお絞りで足裏もぬくめて。

視力衰えてきた今の私は、真冬でも冷たく絞ったお絞りを目の上にのせて眠りました。

# ジョッキ

ありがたいことに、いつも仕事に追われてきましたので、ころんと横になるとすぐに眠れます。眠るために飲む……というような形で、ビールも、お酒も、飲まないできました。

　ワインや、梅酒、そう、今日届けられたかりん酒、みんな口あたりがよくて「おいしいなぁ」と思うのですけれど、それが無くては困るという密着度ではありません。

　たくさん飲むと自分がしんどくなるのがいやで、何でも形だけの献盃で終ってきました。

　神戸にいた頃、本の読者である若い男性から、
「デモにゆく若い人は、どういうものを食べて行動につなげていらっしゃるのかしら」
といったふうなことを書いた私の文章に、親身ないたわりを感じたというお便りをもらったことがあります。
　当時は今ほど食糧過多ではなく、また、若い人びとが本気で社会改革をめざしている一九六〇年時代でした。弱い私は食べなくてもいいけれど、闘い、行動して下さっている若人たちが心配でした。

京都へ来て、はじめて東京のその若い人の訪問を受けた時、

「これはビールのジョッキとして売られていた作品ですが、これならお気に入るかなと思って持ってきました」

といって、大ジョッキを下さいました。丈約二十センチ、底の直径は十センチほどでしょうか。どういう陶芸家が作られたのか、上部はグレイ、その中に白く花が描かれています。下へゆくと濃い影が増して、なかなか趣きのある大きなジョッキ。

「僕も一度だけですが、これでビールを飲みました。泡だちが美しくて、ビールがよくできた飲物だと思えましたね」

こんな大きなジョッキでビールの泡をたのしみ飲んだなんて、酒量もよほどのお人でしょう。

六〇年安保。この日米安全保障条約改定による騒乱に、賛成にも反対にも、とにかく慎重な審議を望んでいました。


国会はその五月十九日の二十三時五十分「五十日の会期延長」を決めて、もう二十日午前零時十八分には「新安保条約、抜打ち可決　警官五百出動下、自民単独で強行採決」ということ。

あの、民主主義のルールを破った強行採決に「主権在民とは何のことか」と、国民は激しい怒りに燃えたのですが、今だって、やっぱり同じようなことが続きます。

お若かった闘いの人は、どうしていらっしゃるでしょう。いただいたジョッキはそのまま飾ったり、お花をいけたりしてきました。

# 温度・湿度計

起きて見た五月三十日の目盛は、温度二二度、湿度四二度といったところ。晴れているのですが、肌寒い感じのする朝です。

部屋の中に置いてありますのと、薄くてはずみに倒れたりしますので、健全かどうか、よくわかりません。でも、もう何十年、おせわになっていますやら、湿度の低い今日は、寝具干し、そして部屋も開け放って。

かといって、集計をとったり、年ごとに比較したりというようなことはいたしません。無責任なもので、何よりも自分の体調が暮しを決めてゆきます。

人さまが暑い暑いと言われる日でも、私は暑いどころか、寒い気がして。

恥かしながら、真冬、肌着三枚重ねて、中に真綿をひいていたまんま、五月の末でも肌着を二枚に減らしはしましたが、真綿はひいています。

安静にするため、干してある寝具を前のように敷いてもらいましたら、三、四時間しか経っていませんのに、ほかほかやわらかくふくらんでいました。

その今、温度は二六度余、湿度四〇度ちょっと足り

ないところです。

先日、二、三日大雨が続いて、雷も鳴って大荒れ状態だったので、もう雨戸や窓を開けないで、こもっていました。

いつもは朝、四方を開けて二十分以上、空気の入れ替えをするんですけど、あんまり凄い雨量だったので「みすみす湿気を呼ぶようなもの」と、閉ざしていたのです。閉ざしていても、湿度は六五余りになっていました。

陽の光り、雲の流れ、呼吸の湿度、ものの影……。すべては瞬間瞬間の空気、大気の流動でしょうか。

人間よりも敏感で、正確に温度湿度をキャッチして、みごとに枝をのばし、花ひらく草木、大自然のこたえる力に、温度も湿度も計られています。

どうやら今年は柘榴《ざくろ》の成り年らしく、昨年はほんの数輪しか咲いていなかった花が、大木になってきた樹の青葉若葉のなかに、紅の花を咲かせています。昨年ただ一つ枝にのこしておいた実が、まっ黒にしわんで、それでも落ちずにいます。

このたくさんの紅花のうち、果して何顆が美しい柘榴と成熟するのでしょうか。何も彼も不思議に思われるいのちの存在に、その日の天候の温度、湿度計とは異なる自己の計りを持っているような気がしてなりません。

柘榴の初花をお供えし、やがて稔る実をジュースにして一口ずつでも飲ませてもらうの楽しみに。

# 砥部焼人形

「あ、砥部《とべ》焼の人形ですね」

玄関の棚に飾っていた二体の人形を見て、いとおしそうに、そうおっしゃった女性がありました。

もう、六十歳ぐらいになっていらっしゃるかしら。広く深く関心をもたれ、知識ゆたかな美しいお方です。

「いつ頃求めたのかときかれると、すぐお返事ができないのですけれど、昔、徳島あたりから砥部焼のお噂《うわさ》を聞きまして、この窯《かま》をもっていらっしゃるお宅をたずねたことがあるんです」

その時、お店にあったものを求めるのは、重くて持ち帰れません。いろいろ見せてもらって、この二体の童子童女像を、私の宅まで送って下さるようにお願いしたのでした。

愛媛県伊予郡砥部町および、伊予市北山崎を中心とし、その付近から産出する磁器とか。

砥石屑を原料としたもので、白磁は卵色を帯びるのが特色ですって。ほんと、そういわれれば純白部分はまったく無くて、合掌している童子人形も、両手で花を捧げているように見える童女人形も、つや

つや卵色かな?

空を仰いでいる二体とも、細い切れ筋のような長いお目、小さな唇、チュンとまろいお鼻。

大昔の「みづら」のような髪を結って、童女の方はリボンみたいな丸い紐《ひも》を髪の前に蝶々《ちょうちょ》結びにしています。

別に、対《つい》としてではなく、一体ずつでもわけてもらえたかもしれませんのに、仲よしお友だちのように見える二体を、いっしょに送ってもらいました。

きれいな色は使ってないのですが、あどけない優しさがうれしいのです。並べてこちらを向いてもらったり、向かい合わせにしてみたり、歩く列のようにしてみたり。

お花はすぐ枯れますから、なかなか忙しいんですが、砥部焼人形は汚れてもそれが気にならないほど、汚れが目立たないので、気楽なのです。気を遣わなくて許されています。

もちろん、声はきこえません。けれど思いがきこえます。

祈る姿というのは、「こうして下さい」の求めではなくて、「こう在ることへの感謝」のかたちではないかという気がしています。

一七七五年、大洲《おおず》藩主加藤侯が、加藤三郎兵衛に製陶させたのに始まると書いてありますから、もう二百二十五年前に、砥石の屑で形づくられ始めたのですね。

どんなに数多くの作品が創られたことでしょう。うちへそろって来てくれはった慈顔二体に、こちらも喜びの顔を。

# 湯あげ

幼い時から、ずっと「湯あげ」と言ってきたのですが、厳密に調べると、「湯あげ」ではないんですね。

湯上り・ゆあがりというらしい。入浴して上ってきた時も、その時まとう大きめのバスタオルも、入浴後に着るひとえの着物も、湯治をなし終えること、湯治して病気のなおること、みんな、「湯上り」というのですって。こんなにいろいろな意味があると、混乱しますね。

私は小さな赤ちゃんが大好きですから、赤ちゃんがおふろから上る時、この湯あげで両手をひろげて抱かせてもらう役がしたかったのです。

でも、家では私が末っ娘なので、年下の子がありませんでした。

兄や、姉が結婚して子が生まれてきた時、どんなに可愛く、うれしかったか、わかりません。その人たちもみんな成人して、そのまた、子供たちが生まれ、もう、それこそ、こちらがボウとしているありさま。

ずいぶんタオルをいただきまして、そのたびに皆

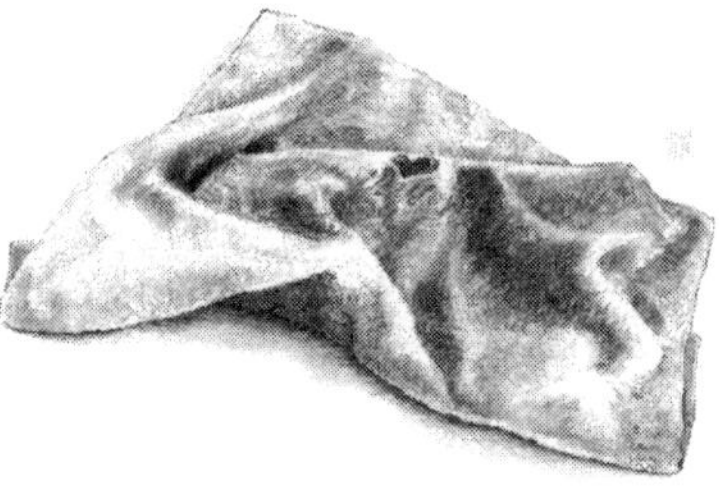

にわけて。

「あ、タオルもらえるの」

と、働きざかりや、育ち盛りの人の多い家ではよろこばれて。

ちょうど、姉が来ている時にいただいたご挨拶の品を開けてみますと、この、ブルー地のタオルでした。

「あ、姉ちゃん、持って帰らはる？」

と申しましたら、姉はとり出して全部みて、

「こんな赤いハート模様、これは、置いといたらどう？」

と言いました。せっかくいただいたハート柄、姉は「この子に」と思ってくれたのでしょう。

美しい色と、柄です。ハイカラなブルー地のうす手、大きな湯あげに、小さな朱のハート柄があって、それが二重の影をもっているのです。結局、姉の思いやりをうれしく受けて、うちで使わせてもらってます。

ほとんど白い分厚い湯あげや、紅、朱、紫、茶、黄、淡紅、白、紺など、全部が線になっているのも華やかで年を忘れます。黄色から藍《あい》までぼかしになっているのは、静かなモダン。

もう、どなたからどの湯あげをいただいたのか、まったく覚えていません。ただこの小さなハート柄の湯あげだけは、姉のとっさの思いやりのおかげで、うちに残ったのです。

記念品や、お返し、転居ご挨拶など、大小のタオルは助かりますが、この浴後の身体を包み休める湯上りバスタオル、なかなかの親しい間柄です。

もう行水《ぎょうずい》のシーズンですね。

# 電話受話器

昔の卓上電話は、当時としてはモダンなものだったと思うのですが、いまでも大切に使っているのです。もう四十何年か前、ひとりになって母のそばに戻り、神戸の住吉町へ転居した時でした。

まったく貧しいどん底でしたが、

「これからが出発！」

とふるいたっていたのでしょう。どこからの連絡にも受け答えができますように、電話をひくことにしました。

いくらぐらいついたのか、覚えてませんが、お支払いして残ったのが、ただの百円、だったことを覚えています。黒く光っている重々しい電話をさわって、

「家中に在るのはたった百円……」

と覚悟したことを、覚えています。

この頃のように、軽い携帯電話や、インターネットのように便利なものはありません。じつは私、古い電話受話器を大事にして、携帯も、インターネットも持っていません。その気になれないのです。

転々とするたびに電話番号は変りましたが、電話

を通して、どんなに多くの方とお話したでしょうか。心から尊敬する方、思慕する方、何でも語れる友、幼な馴染の声……、初めて聞くお声、最初のお名乗りでびっくりした方。

仕事関係の原稿校正や、つぎつぎと起こる事件に対する談話取材など、緊張します。

どんな電話でも、いい加減にはできません。身内の縁者にも声の調子で「元気かな」「何事が起ったかな」なんて。

こちらがそう思う分、先方も、こちらの声や応対ぶりで「健康度」や「精神気分度」を感じておられるのですね。

尊敬する若い女性とお話ししたあと、「さよなら」と言っても、すぐには受話器がおろせません。その方は、じっと私が受話器をおろすのを待っていらっしゃるのです。

東京と京都。結局、

「いっしょにね」

「一、二、三」

なんて掛け声をかけて、受話器をおろすことになります。優しくされて、甘えさせてもらっている感じです。

昔、真夜中に電話がかかって、応対に出ても何もおっしゃらずプツリと切れて、でも又すぐに鳴って、眠れないで疲れ果てたことがありました。

先方の話を録音できる機械、コードを買ってきて下さって、それの使い方を教えてもらったことがあるのですが、どうも非文明人間の私には、そうしたことの取扱いができませんの。

ありがたいお心大切に感謝しながら、何もできずに呆然としています。

# 扇子

七月になりますと、もう祇園祭。二階の違い棚に置いてある扇子立てに、朱の八坂《やさか》神社の描かれた大きな扇子をひらいて飾ります。

いわば四季の移り変りを、大小の扇子をひらいて見ているようなもの。

紅梅の枝や菊の花を描いた力強い絵は、鍋井克之《なべいかつゆき》画伯の迫力です。表に秋の七草が印刷されている漆《うるし》骨の小ぶりの扇の裏には、作家の白川渥《しらかわあつし》先生が歌らしい文字を書いて下さったのですけれど、私には読めません。

昔の夏、きものを着て神戸へ行った時、食事にはいった店でお隣り同士にすわって、胸にはさんでいた扇をひろげてあおいでいましたら、

「ちょっと貸してごらん」

と、一筆書いて下さったのを覚えています。やはり、自分を中心にあおぐのではなく、そばの先生の方へ風のゆくようにあおいでいた私を、気にして下さったのかも知れません。

ごくふつうの白扇二本がのこっていますが、これは私が女学校時代、身体のあんばいでよく休んでい

たことをご存じの寺西沖乃先生からいただいたものです。

先生は、

「大丈夫ですか。無理はしないでね」

と、よく私をかばって下さいました。国語を習ったのですが、当時は国語が好きでしたので、先生の授業のある日は、できるだけ休まないように学校へいったものです。

咲き満ちて　ほとほと梢《こずえ》見えぬまで
　白木蓮の花はかがよふ
うつつにも夢にも恋ひしかたくりの
　花　紫に匂ふ山坂

優しい先生の字が散っています。

私がたった一つ、そらでとなえることのできる「仏説摩訶般若波羅蜜多心経」をていねいに書き込んで、私の名まで書き入れて下さっているのは、山下敏雄謹写の字。私の姪が結婚した山下徹さんのお父様でした。

扇子の吉凶と申しますか、黒塗の骨に金銀張ったのは結婚式に参加する時、帯にはさんでいって、お喜び申上げる時は前に置きました。これは暑さに関係ない儀式ですね。

お悔み用にも薄墨色《うすずみいろ》から真黒まで、無地の扇子がそろっています。飾り用の大扇には、催しや祭にちなんだものが多いのですが、茶道の扇もちょっと飾ったりして。

中国からのお土産といってもらった白檀《びゃくだん》製の丈二十三センチの扇は匂いとじこめて、箱の中。繊細な模様も彫られていて、とりだして持ちますと、扇子をあおぐたびに白檀の香りがこちらへ匂ってきます。清香清風の友、どなたからもらった扇でしたか。

# 背もたせ

椅子には、腰かけてすわると背が自然にやすらぐような、背もたれがあります。

昔は畳の生活で、客人迎えて正座してお話ししていましたが、この節では畳の間でも気軽に使える、背もたせとでもいうような器具があります。

うちには三個しかないのですが、座布団の下に腰の部分をしいて、背もたれの部分を立てて重宝しています。

座椅子とでもよぶのでしょうか、一度はっきり名を知りたいと思いながら、まだ正確な名を存じません。

このまえの稿で、「電話受話器」なんてタイトルをつけましたら、さっそく優しくいつも教えて下さる須田稔先生が、

「『電話機』でいいのでしょう」

と、お便り下さいました。申しわけないことに、「受話器」と「電話機」とはちがいますのに、私は調べもしないでいっしょくたにしていました。ごめんなさい。

これまでも、たとえば「庖丁」をとりあげたと

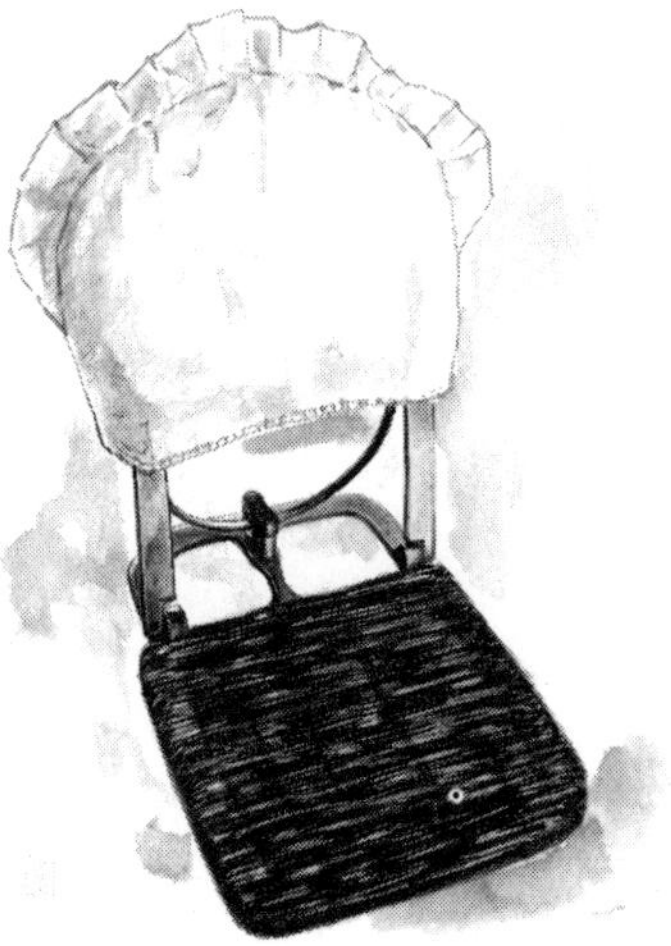

ころで、土井勝先生を私の手料理でもてなす企画を、ある雑誌が実行され、先生を迎えてその前で手料理を作ったと書いています。

それはそうなんですが「贈土井勝」と背に刻まれた立派な庖丁をいただいたのを、「そのあと」と書いています。

ところが古い私の原稿を読みますと、ごいっしょにテレビに出た時にいただいたので、感謝の手料理をすることになったことがわかりました。

もう記憶がうすれて、何も彼もあいまいになっていますので、読者の皆様に、どんなに失礼なまちがいをしていますことやら。ついでに白状してお詫《わ》びしなくてはならないことがたくさんあるでしょうに、それがわからなくて。

背もたせの背の当たるふくらんだ部分に、カバーを作ってかけています。やはり夏は、きれいに洗濯してアイロンをかけた、まっ白のカバーが気持ちいい。

たった二間しかない二階ですが、風ふき通る畳の部屋へあがっていただいた方に、背もたせをおすすめしました。

もう男性も女性も、年齢も関係なく、背もたせがあると安心して足を自由にくずされます。

ときどきは昔書いた本に目を通して、自分の記憶をたしかめなくてはなりません。

眼も薄れてきていますので気がせきますが、以前にお約束したことを思いだして、もうお子さんの時代になっているご当主に、今頃実行したりしています。

# 水屋

小学校時代、学校から帰ってくると何か食べたい。
母が、
「水屋《みずや》をあけて見てごらん」
といって、嬉しそうに微笑します。

水屋の一番上は四枚だて小戸、二番目が金網《かなあみ》仕立ての二枚戸、次は小引出しが四つ並んでいて、一番下が大きな互いちがいの二枚戸、開けると、中は三段にわけられていて、器を何枚か、何個か、好きなように入れてあるのです。

この二段目の風通しの可能な戸を開けますと、そこには、果物か、お菓子か、簡単なお料理かがはいっていて、自分の好きな物をもらうことができました。幼い時は背つぎをおいて、上にのって開いたものです。

敗戦前の空襲で大阪の家に在ったこの水屋も当然、焼失してしまいました。その後、台所に便利な戸棚を何点か求めましたが、みんな金網つきの段が無いのです。

白木や、ガラス戸の明るい器戸棚に入れて、何がどこに在るのか眼もたのしみながら出し入れしてい

ますけれど。

　けれど今では何でも冷蔵庫に入れていますね、時には冷凍庫に入れて、解凍したりして……。常温で入れておく場所がありません。

　私は三十年ほど前、天満市で露店をうろうろ、なつかしがって見て通っていましたら、なんと、そこに幼い頃から親しんだ水屋が並んでいました。私が首をつっこんで食べたいものを選んだ時のと同じ、金網戸もあります。

　ほらほら、これや、ここにあったんや。

　おねずさんから守る戸、空気の通う金網の網目も昔とおんなし。今はどれ位するのでしょう。乏しくなった記憶では、五万円やったかな。

　古くて、重くて、一見暗い茶褐色《ちゃかっしょく》塗の水屋ですが、金網の一部がこわれそうだったのをキチンと直して下さる方もあって、それ以来、大切に使わせてもらっています。

　ここはお皿、それも夏らしい白いお皿にしなくては、とか、お煮付の器や、そうめん器（ほんとうはおつくりやないかと思うのですが、自分の便利に合わせて）、いろいろ器棚に並んでいるのを、奥の方に、あまり季節的でないのをおしこんで、出し入れのしやすい手前に、今要るものを置きかえて。

　真夜中、仕事の終ったあと台所へ行って、ああか、こうかと水屋をのぞき遊んでいます。

　ごく細かな金網の上に飾り網、まん中に木の彫板も入れられている常温の段に、今夜は何がはいっていますかしら。

# 白磁水盤

白磁の名家が作られた水盤を、

「こんな地べたへ置いて、もったいないなぁ」と思いながら、ずっと玄関へはいる入口に、置かせてもらっています。

「ええ仕事の白磁ですなあ」

しゃがんで眺めていらっしゃる客人もあります。

二階の床の間や、違い棚の下に花台をしいて置き、いろんな花造型をもたのしませてもらった器ですが、もうほとんど二階へ上らなくなってから、ふと、玄関口の右側に置いてみたのでした。


水を張り、その上に、花や、木や、葉や、小ちゃな枝なんかを浮かべます。挿《さ》すという造型ではなくて、だから剣山《けんざん》も入れないで、水面にのせているだけなんです。

それが案外、美しい。

白磁水盤に、澄んだ水をたたえているだけでも、白清水の小池が生まれています。そこへ庭木の椿が咲いて、散ってきますと、一輪浮かべます。紅椿が、余白の空間を生かして泳いでいるように見えます。

つぎつぎに椿が落ちてきますし、落椿《おちつばき》は一つの顔、

その時その時、傷のないのを選んで、落ちてから弱るまでの花の余韻を見せてもらうのです。

その季節によって、梅の花びら、桜の花びらも土の上に散ったのをひろってさっと水をかけただけで、水面に散らせます。

面白いですね。結局はうちの庭にあるものばかり。たまに、よそさまからちょうだいした花束の中から、カーネーションや、ガーベラなどを、また、胡蝶蘭《こちょうらん》の鉢などいただいて、先の方の弱ってきた花一、二輪なども採って浮かべます。

若竹の青若葉は葉っぱ二、三枚でも美しいのです。黄色い菜の花、といっても菜っぱの先にちょっと咲いてきたものとか、白い大根の花、三つ葉の根だけのこしておいたら、そこにふっと小さな白い花が咲いていたことがあります。

それやら、胡瓜《きゅうり》のしっぽについてる胡瓜の黄の花も、それだけそっと浮かべておきますと「何の花?」なんてきかれます。

菊や、薔薇《ばら》だと浮かべやすいのですが、百合科はとてもだめ。南天の葉や、並木道に散っていた銀杏《いちょう》の葉、葉っぱだけが美しくて。

毎日水をきれいに替えてくれはる助け手に、

「何の花を浮かべるのが好き?」

とたずねますと、

「絶対、椿!」

とのことでした。近くのおすし屋の兄《あん》ちゃんは、

「そら紅葉や、青紅葉もええで!」

と、白磁水盤を大切に見てくれたはりました。

# 万年筆

——広島のような経験を、人類は再びするなよ。

ここ数日、十年ぶりにひらいた小倉豊文《おぐらとよふみ》氏著、『絶後《ぜつご》の記録』を読み返していました。

一九四五年八月六日朝、あの世界最初の原子爆弾投下。

広島市の東方、向洋《むかいなだ》から広島へむかって歩いていた小倉氏は、新大洲橋《しんおおずばし》のたもとにさしかかった時、すさまじい閃光《せんこう》、爆風。

まったく、何が何だかわからないまま、一瞬の広島壊滅となったのです。

原子爆弾というと、誰もが「この世に在ってはならない存在」だと知っています。けれどまさに、その炸裂《さくれつ》の下に在った人の体験を読ませてもらうと、知っているつもりで実は何も知らないことがわかってきます。

峠三吉氏の『原爆詩集』——

「にんげんの／にんげんのよのあるかぎり／くずれぬへいわを／へいわをかえせ」

を思わずにいられません。

そして、自殺した被爆作家『夏の花』の著者、原《はら》民喜《たみき》……もう、数え切れない自殺者、死者、それを知る人びとの記録があります。

　私は新大洲橋のたもとでピカッと光った異様な状態に、とっさに倒れたという小倉豊文氏が、服のどこかに持っておられたでしょう万年筆のことを思いました。

　大学教授でいらした小倉氏、宮沢賢治研究者であった小倉氏、とうぜん、剣も拳銃も持たない町の一人として、その心奥を表現に直結する万年筆は、何本か持たれていたと思うのです。

　軍都であった広島に、精鋭部隊は集結していました。民衆を監視する憲兵隊もいました。医師も、教師も、勤労奉仕で働いていた学生や女性、子どもたち、みんなの真上で炸裂した核爆弾！

　血まみれ、ボロボロの死屍累累《しいるいるい》の町。

　広島、長崎にこの人間として許せない核爆弾を投下したアメリカは、今では人類全体を何度も破滅させるだけの核を持っているそうです。もっと凄い兵器もつくっているはず。

　いくら書いても、とても書き切れない恐怖の実感、でもその状況を書きのこし、叫びのこして下さった方がたにとって、万年筆は無くてはならないものでした。

　現在では、さまざまな便利な機械表現も行われています。しかし当時は、鉛筆か、万年筆しか、手にできるものはありませんでした。

　私も、今は使わなくなった万年筆を大切にのこしています。何人かの方が記念にと持って帰られましたが、使わなくても万年筆は大切なのです。

# 夏茶碗

「一度、正式にお茶を点《た》てて下さいな」

そう言われると、ほんに、この一生を、茶道知らずに怠けていたことよと恥じ入ります。お茶に対する姿勢の原点から、私は離れて、ずっと学ばないできてしまいました。

すわっていること、お辞儀すること、それが無理でした。ちょうど思春期、何でも積極的に自分のなかに採り入れたい……その頃に、安静を続けなければならない療養期に入ってしまいました。

健康だったら、どういう人生になっていたでしょうか。

想像できないものが「人間として存在させられた」者の身に起こります。

女学校を休学して、転地あちこち。呼吸器に清い空気をおくるための努力はしても、茶道礼儀を学ばせようとは両親も教えてくれませんでした。

それでなくても家父長制は、天皇制。「こうせい、ああせい」と強いられる行儀にはうんざりしていたのです。

茶祖である千利休という人の、美しく激しい生き

方を知る機会がありましたら、どんなにうれしかったかわかりませんのに、手にはいる本は、つぎつぎと読んでも、やっぱり意識してお茶やお花の礼儀は、はずしていました。

そこへ戦争が傾斜してきます。

男の人たちはつぎつぎと召集され、戦地に征《ゆ》き、戦死か病死。

女の人たちは、それまでと異なる労働や集会で、茶道お稽古どころではありませんでした。

そんな一九四二年（昭和十七年）、商工省から「焔彩類」を認められ、敗戦後は「辰砂《たっさ》」、「青磁《せいじ》」と無形文化財撰定を受けた陶工に、宇野宗甕《そうよう》氏がありました。

自ら「陶工」と語る宗甕氏は、高い熱焔で焼かれる「色磁」を深く愛し極めたお方でした。

うちにある夏茶碗をだしてみますと、古い「黒《くろ》樂《らく》」、そして、幼な馴染みの小坂進氏が茶碗展でみせて下さった「木の葉」があります。木の葉が一枚、磁器のなかにはいっていて、薄手の繊細な夏茶碗です。

いつか、お茶碗を愛する方がたと手にとって眺めていて、「お抹茶」がきれていたので、清酒を入れ、みんなでまわし飲みしたことがあります。

ぼってりと分厚い「樂」茶碗は堂々としています。「青磁」も美しくて、もったいないことながら、ここへ入れてみたいなと思うのは、アイスクリームでも、プリンでも、お豆腐、白和え……夏らしい開放的な夏茶碗をたのしませてもらっています。

# うちわ

祇園会の宵々山《よいよいやま》、大阪へゆく用事があって、助け手とともに出かけたのですが、夕方、四条駅へ降りると、たいへんな熱気でした。車中から目を奪われていた浴衣がけの人びと。

宵山もぎっしりと、四条通りは鉾《ほこ》と人とに埋められていたようです。その浴衣姿に、うちわがごく自然で、同じ風起しの道具でも、扇子とはまったくちがった雰囲気になるのが「古くて新しい」魅力ですね。

うちわ——団扇（打羽の意）。

冷房していないわが家では、何年も同じうちわが、うちわ立てに姿をみせます。もう、何の時にうちのうちわになったのか、幅四十センチある大うちわに、紫の花菖蒲が描かれているのには、葉の横に「遊亀」と揮毫《きごう》されていました。小倉遊亀《おぐらゆき》先生の絵、力づよくて色は微妙……。

こうした大うちわは、いただいた品が多く、昔は夏見舞にうちわがあらわれて、染織の大家が、ご自分で布に描かれた七夕笹の絵など、布や紙にもいろんな質があって、そのお心のメッセージが放たれています。

私が、うちわを持って家を出るのは、大文字《だいもんじ》の送り火を見せてもらいに近くの賀茂川河岸へゆく時くらいなものですが、以前はうちわ展をよく見せてもらったもの。

奈良へ取材に行った時に、ちょうど催されていたうちわ展で、繊細な鹿の絵の、これはごくふつうの大きさ、横幅も丈《たけ》も二十二、三センチの五色《ごしき》の作に惹《ひ》かれて、求め帰っています。

これは模様が切り絵なのです。今、つくづくと裏・表、眺めているのですが、切り絵なので向うが透けてみえます。

同じ紙で裏・表同じ柄のを張り合わせてあるので、柳の木の幹や葉の垂れているところ、鹿の母子《おやこ》がその下で遊んでいるところ、うちわの形をなしている細い竹がのぞいています。

手間のかかった品。角《つの》つき合う鹿や、しあわせそうな一対、秋紅葉の下など、いろんな鹿が紅・黄・白・水色・淡紅の色で、表現されています。

昔は私も高校野球を見に甲子園へ行ったものでした。全国から選ばれた高校生たちの純な、けんめいの野球技をみに、集まる大観衆。

うちわが応援の旗がわりになったり、暑さの日除けになったり。恥かしい時の顔かくしにつかわれたり、いたわりたい人への蔭ながらのうちわ風になったり。

沖縄では伝統として神司《かんつかさ》の神招《かんお》ぎに使われています。うちわのもつ力、大切に飾っている古うちわの景色です。

# 鉄の風鈴

だいぶまえの稿で、「風鈴《ふうりん》」について書いています。

いろいろな風鈴のなかへ、姫路で作られた火箸《ひばし》四本吊《つ》りの風鈴も入れていました。

「火鉢や、火鉢で使う金属箸を作っておられた方が、何かの拍子で箸同士がぶつかった時、美しい音色をひびかせるのを知って作られた風鈴のようです」と。

風がいつ吹きますやら。どこからどう吹きますやら。だから、はじめは枕元のタオル掛けに吊して、ときどき自分で揺らせていました。

けれど、やっぱり戸外の風の通るところへ掛けて、

「只、清風の至るを許す」

と書かれた山田無文《むもん》老師の小短冊のひるがえるのを待っています。

今、鳴ってます。小さな小さなチャリンという気配ですが。

その明珍《みょうちん》風鈴から、すこし長い火箸二本の風鈴をいただいて、よく見ると私の名と、明珍理造之の文字とが刻んであるのです。

手で振ってみますと、長いだけあって余韻があります。でも前の鉄の箸が二十センチとしたら、これは三十センチに近い。以前のは四本の箸の吊り下げられた中心に、やはり金属の小さな反響板《はんきょうばん》みたいなのが下っていて、そこへ風を受けて揺れるように、小短冊が吊るされているのです。

短い四本の動きできこえる音の方が、高い音色です。この長い二本だけの箸は、ほとんど初めてごらんになる方には、火鉢にたてかけておく火箸と思われるでしょう。

頭部がしっかりした糸でつながれています。箸から箸まで、十五センチくらいかな。

昔はどこの家も火鉢でした。店に置いた大火鉢に、職人さんたちが股火鉢してしゃべっていた様子が思いだされます。

時代がかわって、すっかり火鉢の必要がなくなってしまって、ずっとずっと火鉢を造っていらしたお店は、さぞ経営の困難な時期もあったでしょう。そんな中で、よくこの火箸と火箸の触れ合う音に気づかれて、こうした美しい音色を活かすくふうをされた明珍さんに、感動いたします。

最近では、いろんな音を、音楽的に使いこなす人びとが紹介されて、楽器ではないものまで、縦横無尽にあやつられています。音程も想像できない妖しの音楽、自由音楽。

この二本仕立ての火箸は、最初四本吊りのをかけていたように、枕元のタオル掛けにひっかけています。

横になっていて、ときどき揺らします。私がやんちゃしないと返事しないのです。

# 扇風機

「ごめんなさい。うちは冷房していないのでお暑いでしょう」

ご挨拶する私に、ほとんどの客人、仕事でカメラをもって数人でみえる取材の人びとも、

「大丈夫ですよ」

と、笑われます。

戸や窓を開けて、できるだけ風が通るようにと願っていますけれど、頼れるのは三台の扇風機だけ。

応接室と、二階の客間に一台ずつ置いてあるので、そこへお通しした方に、その日その時の暑さを考えて風をおこします。相手の方のお好みも、体調もあるでしょうから、ご相談しながら。

客人が、扇風機の首をまわして、私の方へも風を送ろうとなさると、

「かんにん、かんにん。私には風をあてないで下さいな」

茶の間にある小さな扇風機だけが、必要なところへ運んでゆける楽な大きさです。これも、私には直接に風をあてないよう、注意して使うてくれたはります。

人工というのは、むつかしいものですね。

教えてもらったスイッチを押すだけ。消すだけ。毎年改めて教えてもらわないと、それさえむつかしい。

首を回転させたり、あげたり、うつむけたりするのは、もう、どうしたらいいのかわからなくて。

ずいぶん古い扇風機しかありませんのに、その力をようひきださないのですから、まして今の新しいものには、目がまわるだけでしょう。

きびしい残暑で、残暑見舞をたくさんいただくのですが、皆さんどないしたはるのかな。

私は三年前、友人たちに支えられて、日本海にちらばる美しい隠岐《おき》の島へまいりました。『夕焼け通信』をだしておられた宮森健次先生に招かれてゆき、海岸線全域が国立公園というところを教えていただき、

「なるほど、夕焼けが美しいでしょうね……」

と思われる奇岩風景をみせていただきました。

嵯峨にはじめて住いした時、西空に夕焼けする愛《あ》宕山《たごやま》に感動したことを思いだしました。扇風機とはちがう自然の風が、どんなにこころよく、ぜいたくなものか。

夕焼けが未来の朝を招くと、いまも私は思っています。

ひと夏、おせわになったあとも、暑い日はのこります。扇風機は、ほとんど「いざ」という時の役に立ってくれて、「ありがたい」存在。

傷みなく、長い年月おせわになったままの古い扇風機が、こちらを助ける友のようです。

# ガラスの灰皿

「この応接室に、灰皿が出てる……」

と、驚かれる方があります。灰皿が用意してあるのは、

「どうぞ、煙草《たばこ》をお吸いになって下さい」

と言っていることになるのですって。

同じように、私も吸うと思われるのですが、私は人さまの吸われるのを見ているだけで、自分は吸いません。

客人が忘れてゆかれるライターがいくつかたまっているのですが、それが、どなたのかわからないのです。

「これはあなた様のものですか」

とたずねても、どなたも「ちがいます」と言われますので、そこまで考えないでいます。

客人のなかには煙草を吸う時、わざわざ縁側に立っていって、気兼しながら吸っていらっしゃる方もあります。灰皿は、飾りみたい。

携帯用の、灰皿うけがあるようですね。私も吸わずにはいられない煙草好きだったら、自分なりのくふうをこらして持って歩いたかもわかりません。

また家族、それも小さな人に良くない影響を与えるようなら、煙草をやめてしまったかもわかりませんね。

その点、何でもいい加減なのですが、決して嫌いではない煙草、これでも充分吸って楽しむ好みももっているらしい自分が、やはりお酒と同じように、好きだけれどあまり飲まないでくることができたのは、自分に与えられている身体が丈夫でないことを自覚しているからでしょう。

はた迷惑以前に、自分が病災から自由でいたいからなのです。

それにしてもまだ二十歳にもならない少女の頃に、ふとみた灰皿が気に入って、自分の部屋に置いていました。父や、兄や、友人たちのために、いや、当時、女の友人でも煙草を吸っている人がありましたから。

今思うと、ほんとに何でもないことでしょうに、「不良」と極めつきの友人たちも、優しく私を見舞って話してくれたのでした。

その好きだった灰皿を、何かのはずみで割られてしまった時の落胆《らくたん》を忘れません。気心の通じ合った人との別れのようにも……。思いがけない別れとなったのですから。

その後も好きな灰皿を見つけると、机の上に置いています。夏はガラスの灰皿。これも、何の模様もないシンプルなのが一番気に入っているのですが、どうせ飾りだものと、色や柄のある灰皿も置いています。

何の模様かな、今見てきましたら、底に凹ませてある模様は、ヒレの大きな熱帯魚が二匹、藻とともに刻まれていました。なるほど夏ですね。この二匹は一対のつもりかしら。

# チマ・チョゴリ

二〇〇〇年五月十六日、釜山《プサン》空港に着きましたら、走り寄って迎えて下さった朴菖熙《パクチャンヒ》先生ご夫妻。すべての手はずを朴先生と打ち合わせて連れて行って下さった高林寛子さんと「ついにやってきた」よろこびの手をとり合った瞬間でした。

裵卿娥《ペキョンア》夫人のお友だちのくるまに乗せてもらって、慶州《キョンジュ》のチョソンホテルへ着きました。ちゃんと予約して用意されていた部屋に案内されると、夫人がずっと持っておられた荷物を渡されました。

それを、私に下さるというのです。そして、「すぐ開けて下さい」って。こちらは身ひとつ、何のおみやげも持っていきませんのに、どうしたらいいのやら。

皆さんが開くのを待っていらっしゃるので、何かしらと、包みを開きました。

あら、何と美しい桃色、紺色の衣裳でしょう。夫人が、

「こうして着るのですよ」

と、教えながら着せて下さいます。おどろくこの老女が、厚かましくも綺麗な色を豊かに身に着けても

らいました。

チマ・チョゴリ……。

京都市北区に「高麗《コウライ》美術館」を造られ、朝鮮半島全土からの出土品を展示された鄭詔文《チョンジョムン》氏のことを思いだしました。

「もうこの館の中では南北統一しています」

と、おっしゃり、

「実際に統一したら、ふるさとへゆく」

と言われた時、私もその時は一行に加えていただこうと、純白のチマ・チョゴリを作ったのでした。でも残念なことに、もう十年以上前に鄭氏は亡くなられ、南北は、まだわかれたまま。

チマというのは裳のこと。美しい桃色の胸から裾まで、どこまでも広がる裳の豊かさに驚きました。その上に短いチョゴリを羽織ります。和服の襟《えり》もとは、チョゴリから採ったという説をきいたことがありますが、歴史的にも朝鮮から渡来した人びとの文化が生きています。襟を合わせて結んだ布を垂らします。

なんとていねいなチマ・チョゴリでしょうか。シャンとした麻布フチに細かな刺繍《ししゅう》もされていて、おどおど着せてもらった私に、居合わせた方がたが手を叩き、

「よく似合うよ。ぴったりだよ」

と、笑って下さいました。

その時の喜びを大切に、箱に入れたチマ・チョゴリをいただいてきました。

あの時は光洲《クァンジュ》、事件二十周年の追慕塔におまいりしただけでしたが、なんとそれから一カ月後には、南北首脳会談が実現しました。統一への道が、まぶしい未来が、可能になったと思いましょう。

# 野菊の色紙

東海を中心にした広範囲の多量の激雨。このような各地の浸水状況を知らされると、京都はまだしも恵まれています。庭石を叩く雨のなか、よく肥えたみみずが徘徊していました。

一九六〇年『筑豊のこどもたち』という写真集をだされた土門拳氏のおかげで、私は初めて筑豊の悲惨を知ったのです。

その頃、こんな辛酸な労働、貧困な生活を耐えている同朋があることを、写真で明らかにされた土門氏は、

「この写真集だけはザラ紙で作りたい」

と思いつづけていらしたようです。グラビア用紙でない写真。内容と紙質の一体。

のちにはヒロシマ……そして仏像、美術作品など、数々の日本の問題を追求して「ドキュメントとアートを結集した名作」創作のご一生でした。

「自分の力だけで生きてゆこう」

という思いで「徒手空拳」から「拳」をとって、写真家土門拳が生まれましたとか。

私はちょうど一九六〇年頃『芸術新潮』の連載で

「観光バスの行かない埋もれた古寺」を書いていて、それが終った一九六二年度に「古都ひとり」というテーマを与えられて、写真もつたない自分の指で写しながら、「呪」「闇」「艶」などと、自分の書きたいことを一字テーマで十二回、書かせていただいたのでした。

土門さんはそれを見ていて下さったのでしょう。連載が終ってそれが単行本『古都ひとり』となった一九六三年はじめ、私の撮った写真を展示して、そこで本が売られました。

その東京での会場へ、なんと土門拳ご自身の書かれた色紙が寄せられて、それも会場に並んだのです。

「古都ひとり」の写真に寄せて
路ばたにひそやかに咲く
野菊にでもたとえようか。
花びらが風にそよぐにも
似て、これらの写真は、
女ごころのときめきが、
そのまま銀粒子の白く、
あるいは黒いあやと化
している。

土門拳㊞

その写真展の会場へも、お姿をみせて下さいました。「これを」と思われた被写体を前に、光線、状況が、満足ゆく瞬間となるまで、何時間も、じっと待っていらしたというきびしい撮影態度の土門さんに学ばれた方がたは、何の構えもなく撮りたいものを撮っていた私に、優しい言葉を書いて下さった色紙をみて、びっくりなさいます。

この色紙は、以来ずっと部屋にかけて、私も、野菊のように揺れて生きてまいりました。

# 栓ぬき

ビールでも、清涼飲料でも、いろんなびん詰の品々を使う時、まず必要なのがその蓋《ふた》をこじ開ける栓ぬき。

どんなに努力しても、栓ぬきが無くては、開けられません。

テレビで、大量のビールや飲料が機械的に作られている様子を見たことがありますけれど、明治以来の文明開化で、数多くのびん詰が作られてきた時、その蓋、その口の大きさを決めるのに、どんなくふうや知恵があったでしょうか。

思えば、それも世界中で同じ大きさの栓。栓ぬきが無くては、どうしようもない飲みもの、私の毎日たのしんでいる梅酒も、外側の蓋を手で廻してとったら、金具の栓でぴっちりとざされた口があらわれます。

その精気、その香り、そのうま味が保たれるよう、そして運搬中を無事に動けるように、生産者の行届いた配慮の結晶が、長く世界の飲料界、人びとの暮しを支えてきたのですね。

さあ、と思って探した時、すぐに栓ぬきが見つか

らないと、ドキンとします。

この間、「ここにあるはず」と思っていたところに何もなくて、あわてましたら、その上、三十センチほどのところにかかっていました。私の目が、もっと上まで見あげていたらよかったのに、「すぐそこ」がわからないんですね。

変り鋏《ばさみ》とでもいうのでしょうか、歯にギザギザ、手の下に物をこじあける力になる支えの把手が出ていて、まん中のギザは、くるみを押すのにいいのでしょうか、歯のすぐ下が栓ぬきの役をする鋏も、台所に一つ。

客人の前で栓をぬく時は、南部鉄の単純明快な栓ぬきを持って出ます。

冷たいビールをくくっと飲まれて、「あーうまい」なんて息をつかれると、ほっとします。

ビールのおかげ。栓ぬきのおかげ。

もう三十四年前、週刊誌の仕事でヨーロッパへ「きもの独り旅」をさせてもらいました。アムステルダム・チューリッヒ・ハンブルグ・パリなどを、その頃は日常に着ていた和服で、日本語で旅したのですから、何という気楽者。

アムステルダムには日本語の上手な方が多くて、広場の市《いち》へ連れていってもらいましたら、たくさんの品々のなかに、栓ぬきが目につきました。花札も並んでいて、あれえ、ここはどこ？という感じでした。

この栓ぬきはオランダ産の物らしく、しっかり線画も刻まれています。荷物にならない栓ぬきをおみやげに求めて帰ってきました。

# 朱塗枕

何も彼も、遠くなりゆく日々ですが、その遠い思い出の品々に、今も毎日の私は助けられています。

ひょっとしたら、古物店にも置いてある品でよく知られたものかもしれませんが、私は二十年程前、はじめてこの枕をいただいた時は、

「どうするものかしら」

とけげんな気持ちでした。

岩手県水沢市の黒石寺《こくせきじ》で、水沢蘇民祭《そみんさい》が催されると知って、当時連載していた「野の寺・山の寺」のなかにそれを加えようと参加したのでした。


その時、造像以来一一一六年とききましたから、現在からは、プラス二十年。

黒石寺のご本尊、薬師如来のお姿は、忘れられない恐ろしい形でした。

「逆だつおん目」、そして髪が怒りの角《つの》となっているような螺髪《らほつ》のとんがり。

素人の印象で、まちがっているかもしれませんけれど、京からみれば蝦夷《えみし》といわれていた日高見国《ひだかみのくに》の首長のすぐれた力量の存在を映しているのではないかと思ったのです。

原住民から憧憬をもって仰がれていた首長を、一方的にほろぼした京の軍。

その首長の実在を、仏像の形に造って伝えたのではないかと思われるほど、意欲的な憤怒の激しさが、拝む者に迫ってきました。

お薬師さまは悪疫・災害をはらい、無実の罪で権力から迫害される不幸をまぬがれさせてくださるといわれています。

京の神護寺《じんごじ》の薬師如来もきびしい迫力ですが、黒石寺本尊のすさまじさ。不正なる者をゆるさぬお薬師さまの誓願が身にしみます。

私が黒石寺へおまいりすると知らせたら、鳴子塗《なるこ》の名手、沢口滋氏が、鳴子から三時間もバイクをとばして合流して下さいました。以前、黒石寺より少し奥の正法寺まで、昔の正法寺の塗椀を見学にゆかれたそうですが、その時、黒石寺は無人で開けてもらえなかったそうです。

沢口氏は、各地の塗師七人の会を作っていらっしゃいましたが、その時、私に渡して下さったのが朱塗の木枕でした。

私は高坏《たかつき》かしらと思って、九センチほどの広さの台に、何かお菓子か供えものをするのですかと、ききました。

「いいえ、これは枕です。高さ十二センチほどで、ちょっと横になられる時、頭をのせて下さい。木で造った品は多いのですが、これは私が朱を塗ったんです。大丈夫ですよ」

立派な朱塗はびくともせず、私は畳の上で横になる時、頭をのせさせていただいています。

# あとがき

この「思いこもる品々」は、一九九九年一月三日から『京都民報』紙面に、一週一度の連載で始まりました。

『京都民報』の学芸部長、平山伸一氏が来てくださって、「たくさんのお知り合いがあるでしょう、いろんな思い出があるでしょう。何か、思い出のある物があったら取りあげて、何でも自由に書いていいのです」と言われました。

「思い出の品々」によって「物を含めての人間関係を展開するように」とのお申し入れだったと思うのですが、「思い出」というと、そんなに書けるものではなく、知人友人に迷惑をかけるのもつらいので、考えました。

日本政府、政治家、実業界その他、何とも人間愛を無視した非情な姿勢に、民衆は真実を知らされないまま、一喜一憂、一怒一哀といった繰り返しの毎日。

けれど、どんな立場の人にも、どんな生活にも、なくてはならない日々の暮しがあります。互いに支え合い愛《いと》しみ合っている家族や、縁ある暮しのなかでの発見、壁ひとつ隣りの方も日常の物音ひとつ、同じ気象に包まれながら話し、挨拶しています。

お近くなればこその貸し借りや、お知恵拝借など、人間関係に品物は切り離せません。

「あのね、思い出の品々というのではなく、私の暮しのなかにある身辺の品々〝私の思いこもる品々〟というテーマはどうでしょうか。それだと、ご迷惑をかけないように、自分自身に心をこめて書くことができるように思うのですけれど……」

そうお願いしました。

学芸部はそれを了承して、何を取りあげるか、身辺の品を並べて見せてほしい、さし絵を依頼する画家中村洋子さんと行くからということで、さっそく自分の出逢っている日々の品を思いつくままに並べました。

さあとなると、何も彼もが大切に書きたい品ばかりなんです。つぎつぎに載せていただいた品が、またいっそう思いこもる品となってきます。

何気なく乗ったタクシーの運転手さんが、「いつも『京都民報』、読んでまっせ。ようあないにたんと書くことがありまんなあ」と、笑うて励ましてくれはります。

そら、まだ書きたいもんばっかり。どうしても自分との対話も関西弁になることが多くて、ごめんなさい。日常暮しのこころ言葉です。

でも、忘れてしまっている歳月の記憶に、まちがいを書いていることもありました。昔と今。せめて十年前だったら、もっと記憶が前後しなかったでしょうにと恥かしいのですが、その物、品にこめる思いは日々新《あら》たということになるでしょうか。

お忙しいのに昼神猛文《ひるがみたけふみ》編集局長さんも来てくださり、取材もつぎつぎと重なって、九十五回になろうとしています。その内の九十回を、今回、高林寛子さんを通じてごらんくださった藤原書店の藤原良雄社長さんが出版すると決めて、写真家、市毛實氏に「思いこもる品々が、どのように実際に使われているのか」撮ってもらってくださいました。

どんな単行本になりますか、ご苦労くださっている編集部の山﨑優子さんやご協力皆さまのお力に、それこそ思いこめて御礼申上げます。ふつうの金銭的な意味の濃い出版社ではなく、「どう真実を立ち上げてゆくのが理想か」を問い続けてこられた独得の藤原書店から生まれる本を楽しみにしているところです。

いつもお励ましくださった読者の皆様がた、ありがとうございます。

これからもよろしくお願い申上げます。

二〇〇〇年十一月三日

岡部伊都子

# 本書に登場する品々

※初出　「思いこもる品々」『京都民報』紙　一九九九年一月三日〜二〇〇〇年十月八日

装幀　久田博幸
挿画　中村洋子
写真　市毛　實

## 著者紹介

岡部伊都子（おかべ・いつこ）

1923年大阪に生まれる。随筆家。相愛高等女学校を病気のため中途退学。1954年より執筆活動に入り、1956年に『おむすびの味』（創元社）を刊行。美術、伝統、自然、歴史などにこまやかな視線を注ぐと同時に、戦争、沖縄、差別、環境問題などに鋭く言及する。
著書に『岡部伊都子集』（全５巻、岩波書店、1996年）『水平へのあこがれ』（明石書店、1998年）『こころ　花あかり』（海竜社、1998年）『未来はありますか』（昭和堂、1999年）他百余冊。

EYE LOVE EYE



思いこもる品々

2000年12月25日　初版第１刷発行©

著　者　岡部伊都子
発行者　藤原良雄
発行所　株式会社　藤原書店
〒162-0041　東京都新宿区早稲田鶴巻町523
電話　03（5272）0301
FAX　03（5272）0450
振替　00160-4-17013

印刷・製本　中央精版

落丁本・乱丁本はお取替えいたします
定価はカバーに表示してあります

Printed in Japan
ISBN4-89434-210-3

**VI 魂《こころ》の巻——水俣・アニミズム・エコロジー**　　**解説・中村桂子**
*Minamata : An Approach to Animism and Ecology*
四六上製　544 頁　**4800 円**（1998 年 2 月刊）◇4-89434-094-1
水俣の衝撃が導いたアニミズムの世界観が、地域・種・性・世代を越えた共生の道を開く。最先端科学とアニミズムが手を結ぶ、鶴見思想の核心。
月報　**石牟礼道子　土本典昭　羽田澄子　清成忠男**

**VII 華の巻——わが生き相《すがた》**　　**解説・岡部伊都子**
*Autobiographical Sketches*
四六上製　528 頁　**6800 円**（1998 年 11 月刊）◇4-89434-114-X
きもの、おどり、短歌などの「道楽」が、生の根源で「学問」と結びつき、人生の最終局面で驚くべき開花をみせる。
月報　**西川 潤　西山松之助　三輪公忠　高坂制立　林佳恵　C・F・ミュラー**

**VIII 歌の巻——「虹」から「回生」へ**　　**解説・佐佐木幸綱**
*Collected Poems*
四六上製　408 頁　**4800 円**（1997 年 10 月刊）◇4-89434-082-8
脳出血で倒れた夜、歌が迸り出た——自然と人間、死者と生者の境界線上にたち、新たに思想的飛躍を遂げた著者の全てが凝縮された珠玉の短歌集。
月報　**大岡信　谷川健一　永畑道子　上田敏**

**IX 環の巻——内発的発展論によるパラダイム転換**　　**解説・川勝平太**
*A Theory of Endogenous Development : Toward a Paradigm Change for the Future*
四六上製　592 頁　**6800 円**（1999 年 1 月刊）◇4-89434-121-2
学問的到達点「内発的発展論」と、南方熊楠の画期的読解による「南方曼陀羅」論とが遂に結合、「パラダイム転換」を目指す著者の全体像を描く。
**〔附〕 年譜　全著作目録　総索引**
月報　**朱通華　平松守彦　石黒ひで　川田侃　綿貫礼子　鶴見俊輔**

---

**人間・鶴見和子の魅力に迫る**

# 鶴見和子の世界

**R・P・ドーア、石牟礼道子、河合隼雄、中村桂子、鶴見俊輔ほか**

学問／道楽の壁を超え、国内はおろか国際的舞台でも出会う人すべてを魅了してきた鶴見和子の魅力とは何か。国内外の著名人六三人がその謎を描き出す珠玉の鶴見和子論。〈主な執筆者〉**赤坂憲雄、宮田登、川勝平太、堤清二、大岡信、澤地久枝、道浦母都子ほか。**
四六上製函入　三六八頁　**三八〇〇円**（一九九九年一〇月刊）◇4-89434-152-2

---

**『回生』に続く待望の第三歌集**

# 歌集 花道

**鶴見和子**

「短歌は究極の思想表現の方法である。」——脳出血で倒れ、半世紀ぶりに復活した歌を編んだ歌集『回生』から三年、きもの・おどりなど生涯を貫く文化的素養と、国境を超えて展開されてきた学問的蓄積が、リハビリテーション生活の中で見事に結合。
菊判上製　一三六頁　**二八〇〇円**　◇4-89434-165-4

**文化大革命の日々の真実**

# 中国医師の娘が見た文革

## （旧満洲と文化大革命を超えて）

**張　鑫鳳**（チャン・シンフォン）

「文革」によって人々は何を得て、何を失い、日々の暮らしはどう変わったのか。文革の嵐のなか、差別と困窮の日々を送った父と娘。日本留学という父の夢を叶えた娘がいま初めて、誰も語らなかった文革の日々の真実を語る。

四六上製　三一二頁　**二八〇〇円**

（二〇〇〇年二月刊）

◇4-89434-167-0

**民族とは、いのちとは、愛とは**

# 愛することは待つことよ

## （二十一世紀へのメッセージ）

**森崎和江**

日本植民地下の朝鮮で育った罪の思いを超えるべく、自己を問い続ける筆者と、韓国動乱後に戦災孤児院「愛光園」を創設、その後は、知的障害者らと歩む金任順《キムイムスン》。そのふたりが、民族とは、いのちとは、愛とは何かと問いかける。

四六上製　二二四頁　**一九〇〇円**

（一九九九年一〇月刊）

◇4-89434-151-4

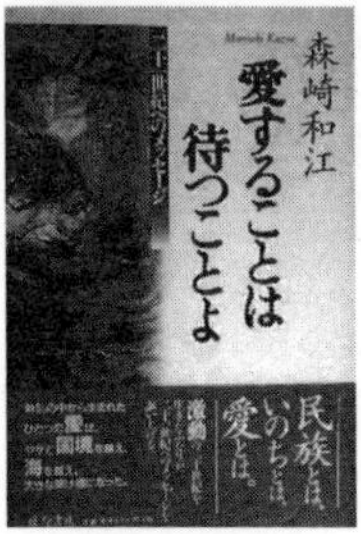


**日本人になりたかった男**

# ピーチ・ブロッサムへ

## （英国貴族軍人が変体仮名で綴る千の恋文）

**葉月奈津・若林尚司**

世界大戦に引き裂かれる「日本人になりたかった男」と大和撫子。柳行李の中から偶然見つかった、英国貴族軍人アーサーが日本に残る妻にあてた千通の手紙から、二つの世界大戦と「分断家族」の悲劇を描くノンフィクション。

四六上製　二七二頁　**二四〇〇円**

（一九九八年七月刊）

◇4-89434-106-9

**最新の珠玉エッセー集**

# いのち、響きあう

**森崎和江**

戦後日本とともに生き、「性とは何か、からだとは何か、そしてことばとは、世界とは」と問い続けてきた著者が、二一世紀を迎えるいま、環境破壊の深刻な危機に直面して「地球は病気だよ」と叫ぶ声に答えて優しく語りかけた、〝いのち〟響きあう感動作。

四六上製　一七六頁　**一八〇〇円**

（一九九八年四月刊）

◇4-89434-100-X